ro
ro
ro

Jan Böttcher, 1973 in Lüneburg geboren, hat deutsche und skandinavische Literatur studiert. Er lebt als Autor, Songwriter und Veranstalter von Lesereihen in Berlin. Nach vier CD-Veröffentlichungen mit seiner Band «Herr Nilsson» veröffentlichte er zuletzt 2008 das Soloalbum «Vom anderen Ende des Flures». 2003 erschien sein literarisches Debüt «Lina oder: Das kalte Moor», 2006 folgte der Roman «Geld oder Leben». Mit einer aus «Nachglühen» hervorgegangenen Erzählung gewann Jan Böttcher 2007 beim Ingeborg-Bachmann-Wettbewerb den Ernst-Willner-Preis.

«Ein atmosphärisch dichter Roman.» (NZZ)

«Jan Böttcher ist ein eindringlicher Roman gelungen, stark in Sprache und Bild ... Er ist ein literarischer Menschenforscher, unterwegs in deutsch-deutscher Mission, und als solcher macht er seine Sache sehr gut.» (NDR Kultur)

«Neben einem ausgeprägten Sinn für die unspektakulär schöne Landschaft, für die traurige Poesie des Nieselregens und der Formationen der Zugvögel, beeindruckt ‹Nachglühen› durch eine subtil-realistische Psychologie, die es schafft, Mentalitätsgeschichte mit politischer Schuldverstrickung zu verbinden.» (Frankfurter Rundschau) jan böttcher

Nachglühen

roman

rowohlt taschenbuch verlag

Veröffentlicht im Rowohlt Taschenbuch Verlag,
Reinbek bei Hamburg, Juli 2009

Umschlaggestaltung any.way, Cathrin Günther
(Foto: plainpicture/P. Usbeck)
Satz aus der New Century Schoolbook PostScript
bei hanseatenSatz-bremen, Bremen
Druck und Bindung Druckerei C.H. Beck, Nördlingen
Printed in Germany
ISBN 978 3 499 24790 3

In our days
we will live like our ghosts will live
pitching glass at the cornfield crows
and folding clothes
like stubborn boys
across the road
we'll keep everything

(Sam Beam / Iron and Wine: Resurrection fern)

Sie selbst sind es, die das Ende zum Anfang machen. Sobald man im Morgengrauen die eigene Hand vor Augen sehen kann, kommen sie auf dem Deich zusammen und greifen sich die über Nacht liegengelassenen Bolzenschneider.

Da sind die Väter, bilden noch einmal ein Komitee, einen Stoßtrupp, der sich mit getaner Arbeit langsam von der rechten Ortshälfte nach links schiebt. Da ist die Elbe, mit jeder Streckmetallplatte, die sie zwischen den Betonsäulen herausreißen, wird die Sicht frei auf den Fluss. Und da knattert der Roller ins Bild, Jo fährt mit der Schwalbe scharf am Zaun entlang, das heißt, Arne Hinrichs fährt, während Jo Brüggemann auf dem hinteren Teil des Sitzes steht, sich an Arnes linker Schulter festhält und mit der anderen Hand die Fahne wehen lässt. Die Fahne mit dem großen Loch in der Mitte.

Arne bremst, Jo springt ab. Die Alten lassen die Jungs gewähren. Auch gegen Michael Jackson und Madonna, deren verzerrte Stimmen aus Arne Hinrichs' Rekorder über den Deich rauschen, erhebt niemand Einspruch.

Wie die Erwachsenen trägt Jo Arbeitshandschuhe, und jetzt greift er damit in die Drähte, durch die der Strom geflossen ist. Überall sind sie vor den Zaun gespannt, er hat mehr Widerstand von ihnen erwartet, aber er kann sie runterziehen, mitsamt der Halterung nach unten reißen. Wo sie an den Betonsäulen befestigt ist, gibt es extra Stellen, die brechen sollten: Die Drähte sind auf irgendwas um die fünf Kilogramm geeicht. Bei mehr Gewicht hätte es sofort Alarm gegeben.

Jo Brüggemann trinkt Bier aus der Flasche, und als er sie absetzt, ist es, als verwandele sich das bekannte Getränk in einen Hormoncocktail – Aggression, Glückseligkeit steigen auf in seiner Gurgel, er ruft «Jaaaaaa» und wirft den Radiorekorder mitten in «Thriller» mehrere Meter hoch in den Himmel, aber nicht senkrecht, und er brüllt auch noch den Anfang eines «Neeeiiiiin» – da ist Michael Jackson schon auf der Deichkrone zerschellt. Arne Hinrichs ruft «Babett!», denn sein Rekorder heißt, als wäre er seine Freundin, «Babett». Seine Stimme klingt verzweifelter und schöner als jede Fernsehwerbung aus dem Westen, während Jo schon vor ihm wegrennt, wieder schreien will, doch gerade als er den Mund aufmacht, sieht er im Augenwinkel den Uhu, die olivgrüne Sprechsäule des Grenzmeldenetzes. Der Uhu glotzt ihn an, die Lunge schmerzt, eine Sekunde vergeht, mehr nicht ... dann ist die Sprechsäule, die jetzt nicht helfen kann, noch nie jemandem geholfen hat, hinter Jo Brüggemann zurückgefallen.

Er läuft auf die Erwachsenen zu, wie ein Schisser, der Schutz sucht, aber er läuft auch an ihnen vorbei, biegt plötzlich links ab, dort, wo der Zaun bereits flach auf dem Deich liegt. Jo springt tatsächlich hinunter zur Elbe, obwohl es abgemacht ist, ebendas nicht zu tun –

alle kennen die dumpfen Pufflaute der Minen, wenn sie im Winter unter der Last des Schnees hochgehen. Hans Brüggemann setzt seinem Sohn augenblicklich nach, Arne Hinrichs ihnen hinterher, sauwütend wegen der Sache mit Michael Jackson und seinem Rekorder, während Jo vorne zum Flugzeug wird, die Arme ausbreitet, was seine beiden Verfolger nur noch mehr provoziert. Alle anderen oben auf dem Deich halten den Atem an.

Er läuft am Fluss entlang und wird doch immer kleiner da unten auf der planen Fläche der Elbauen, auf diesem absurd leeren Streifen, einer schwarzen schlammigen Wüste, auf der keine knorrigen Weiden mit einem halben Meter Durchmesser wachsen, keine hohen Sträucher, keine Jungbirken, wo die Buhnen sich noch nicht zu kleinen Sandstränden zusammenfinden; alles, was Jahre später wirken wird, als sei es immer so gewesen, üppig grün, mit einer Basthütte für die Kinder zwischen den Weidenzweigen, liegt damals plan und leer, und Jo Brüggemann zieht die Lederjacke im Laufen aus, Arne Hinrichs, der Brüggemann senior längst überholt hat, tut es ihm mit der Jeansjacke gleich. Mancher auf dem Deich sieht hinauf zum Wachtturm. Brüggemann, der Sperrbrecher. Wenigstens ein Warnschuss. Aber die neue, die gerade angebrochene Zeit schweigt.

Jo läuft ins Wasser, brüllt mannhaft, spritzt sich nass, die linke Hand wedelt Wasser unter die rechte Achsel und andersherum. Er lässt sich fallen, nah am Ufer beginnt er einen Ringkampf mit sich selbst, man erkennt nicht mehr als Extremitäten, die sich schnell bewegen, aus dem Wasser und ins Wasser zurück. Für die meisten sieht Jo aus wie ein großer Fisch, der ums Überleben kämpft.

Arne Hinrichs ist stehen geblieben, hat die Hände auf dem Kopf gefaltet, wahrscheinlich Seitenstechen, oder er denkt jetzt endlich an die Minen. Auch Brüggemann senior ringt nach Luft, stapft aber dabei ins flache Wasser, zieht seinen Sohn an Land, wo Jo noch einmal zuckt. Er scheint seinen Vater gar nicht zu erkennen, aber als er schließlich aufrecht steht, fängt er links und rechts eine ein, steht tropfnass und zitternd und hört sich eine Strafpredigt an, deren Worte nicht hinaufreichen bis auf den Deich. Man sieht Hans Brüggemanns Statur, seine angewinkelten Arme, den vorgebeugten roten Kopf, das genügt.

Der Vater geht nun voran, geht in Zeitlupe jenen Weg, den sie eben in anderer Richtung gelaufen sind, zurück. Er hebt die Lederjacke seines Sohnes auf, klemmt sie sich unter den Arm, während Jo ihm frierend folgt, den Blick vor sich auf den Boden geheftet. Der Deich ist eine Tribüne, aber dass sie da oben warten, den Kopf schütteln, ihn einen Verrückten nennen, kommt Jo Brüggemann nicht in den Sinn. Er denkt an den Uhu, und plötzlich prickelt es schmerzhaft in seinem Unterarm, als würde ihm doch noch Strom unter die Haut fahren.

Jens könnte jederzeit auftauchen, denkt er, alles ist jetzt möglich. Selbst diese Steintreppe unter seinen Füßen, die den Deich hinaufführt, war bis eben nicht da. Fischen, Schwimmen, im Winter Schlittschuhlaufen – noch vor ein paar Tagen undenkbar. Die Fluchtgefahr sei hier eben höher gewesen als irgendwo sonst.

Als Jo schleichend, mit gesenktem Kopf die Deichkrone erreicht, ist seine Mutter schon verschwunden, sitzt zu Hause, schämt sich seiner Dummheit mehr als der Schläge des Ehemannes. Alle anderen sehen ihn an und schweigen.

Im Laufe der Tage verschwindet der Zaun, Stück für Stück. Abends, wenn das Licht auf dem Fluss liegt, nehmen alle ihre Flaschen und Tassen von den Höfen mit auf den Deich. Ein kleiner heller Streifen über dem Westufer reicht aus. Menschen weinen. Auch die Kirche ersetzt der Deich. In dem Fotoalbum, das später im Gasthaus bei Lewins ausliegt, heißt es neben einem Bild: *Die Sonne bringt es an den Tag.*

Jo Brüggemann sitzt mit Arne Hinrichs und ein paar anderen oben im Wachtturm und bedient das Schaltpult. Das Klacken muss reichen, denn die Stromkabel sind tot, das Leuchten der roten und grünen Kontrolllampen stellen sie sich nur vor. Arne ist im Grunde ein Vollidiot, der immer so lange jammert, bis Jo ihn mitzieht oder ihm das Kassettenradio wieder flottmacht. Nur aus Ehrgeiz hat er das Gehäuse geflickt und die Kabel wieder angelötet. Jo denkt vielmehr an Jens, immer wieder kommt das hoch, wie Sodbrennen. Wie kann man *hier* bloß fehlen!

Nicht einmal für die Lautstärke gibt es eine Regelung, und selbst Hans Brüggemann sagt in der Menge, «die Jungs müssen sich jetzt austoben». Er sagt das derart jovial, als wollte er sich vor den Gedanken der Dorfbewohner schützen und als wäre noch irgendeiner so verkorkst wie sein eigener Sohn und müsste sich da unten in der

Elbe wälzen, bevor die Suchtrupps kommen. Zu den *Jungs* gehört Jo sowieso nicht mehr, der müsste längst wieder in der Kaserne sein. Fast alle sind bei der Armee oder in der Ausbildung, alle, die dort oben den Wachtturm zur Disko machen und die Nacht zum Tag. Sie haben ihre Taschenlampen aufgehängt und bunte Folien davorgeklebt, sie tanzen und singen und werfen ihre Bierflaschen nach dem letzten Schluck auf den Deich, damit es knallt.

eins

22 Uhr 35, die allerletzte Überfahrt. Als Jo Brüggemann auf die Fähre hinabrollte, krachte die eiserne Rampe, bog sich unter der Last des Wagens. Er reckte den Kopf nach der Fährfrau, und prompt trat sie an Deck, in ihrem gelben Öljackenponcho. Ein Kommando blieb aus – warum auch sollte sie ihm mit ehrgeizigen Bewegungen einen Stellplatz zuweisen. Er war der einzige Fahrgast an Bord. Niemand war vor ihm, niemand würde ihm folgen.

Jo wechselte Blicke mit seinen Außenspiegeln, links, rechts, kurbelte am Lenkrad, konzentriert auf eine ideale Parkposition, die es gar nicht gab. Schließlich rastete die Handbremse ein, und die Scheinwerfer zeigten hinaus auf die Elbe.

Er stieg aus dem Wagen. Für Oktober stand der Fluss recht hoch, Wind riffelte das Wasser auf, und die Strömung zog die Fähre anfangs so stark flussabwärts, dass sie in einer Kurve auf den östlichen Anleger zuarbeiten musste. Der satte Bass des Dieselmotors strömte ihm in die Füße, unruhig hob und senkte sich vor ihm der Bug.

Die gelbe Boje stand plötzlich da, verlangte ihre drei Euro fuffzig, und er kramte das Geld aus der Hosentasche, zählte es ihr in die Hand. Fünfzehn, sechzehn, dachte er dabei, siebzehn Jahre waren jetzt vorüber – und noch immer keine Brücke von West nach Ost.

Nur fünf Minuten später machte die Fähre fest, und es kam ihm wieder vor, als sei die Eisenrampe am Ostufer deutlich steiler als jene, über die er in Alt-Bracke auf die Fähre gerollt war. Ein leichter Anstieg bis zum Deich, dahinter war die Fahrbahn markiert, die Landstraße begann. Ein einziges Haus stand so nah an der Straße, dass Jos Scheinwerfer es erfassten, ansonsten hielt der Name «Neu-Bracke» nur notdürftig zusammen, was an Gehöften weitläufig über die Felder verteilt war.

Seine Heimat war platt, aber kurvig, immer wieder musste man mit der Motorbremse arbeiten, in den zweiten Gang zurückschalten. Jo sah im Scheinwerferlicht, dass andere schneller gefahren waren als er: Hundert Meter nach dem Ortsausgang steckten schon frische Kreuze am Straßenrand. Die Vornamen darauf klangen jung, sagten ihm nichts, aber den Nachnamen, den er jetzt im Vorbeifahren las, kannte er.

Bogen und Kurven und reflektierende Warnschilder. Jo saß aufrecht hinter dem Lenkrad. Von Richtung Neuhaus war die Straße eine schnurgerade Allee, beidseitig gesäumt von knorrigen Apfelbäumen – von Westen aber, wo er herkam, schlängelte sie sich durchs Gelände wie die Elbe selbst.

Er hatte das Radio lautgedreht, war ins Gitarrensolo von «Stairway to Heaven» geraten. Dann lieber das Klavierkonzert auf der nächsten Frequenz. In Moll, mehr hörte Jo Brüggemann da nicht heraus. Die Dunkelheit war eine einzige Demütigung. Als müsse er hier noch heimlich ankommen und unerkannt bleiben.

Endlich gab sich die kurvige Straße auf, gab sich der Apfelallee hin, wurde erstmals für viele hundert Meter zur Geraden. Jo Brüggemann hatte immer das Gefühl, dass die Straßen hier ineinanderflossen, sich versöhnten, hier, wo das Schild aufleuchtete, knallgelb: *Stolpau 1 km*. Stichstraße nach rechts. Er hatte auf der Arbeit viel Kaffee getrunken, und all seine Wachheit legte er jetzt in die raumgreifenden Bewegungen, mit denen seine Arme das Lenkrad herumdrehten. Für einen Moment kam es Jo vor, als sei der Wagen ein mächtiger Stadtbus, der in eine enge Straße einschwenkte.

Alles Licht und Leben im Dorf schien erloschen, auch der Deichkrug hatte schon geschlossen. Jo fuhr an der Kirche vorbei, eine Anhöhe hinauf. Ab hier verlief die Straße auf dem Deich. Er parkte. Als er hinaustrat, fing es ganz leicht zu regnen an. Der Fluss war nicht mehr vom Himmel zu unterscheiden. Jo drehte sich herum, binnendeichs sah er nun doch hinter einigen Fenstern schwaches Licht.

Fritz lag im Obergeschoss und atmete flach. Er war jetzt wieder etwas mehr sein Großvater als im Sommer, da hatte sich der Alte zu einer dicken, wächsernen Puppe aufgebläht, in Armen und Beinen hatte sich Wasser abgelagert, das Herz war immer schwächer geworden.

Allzeit bereit, das wurde man auch niemals los. Jo saß am Bett. Was sollte er hier? Seit zwölf Jahren hielt er Händchen, machte Wickel, redete vor sich hin. Seit zwölf

Jahren zeigte der alte Mann die Wirkung der Handgriffe und Worte beinahe ausschließlich dadurch, dass er überlebte. Und seit neun Jahren hatte er ein Gerät in der Brust, einen Rhythmusmesser, der das Herz bei Unterschreitung einer eingestellten Schlagfrequenz ruckartig zu höheren Leistungen antrieb. Defibrillator hieß das Ding, der zuverlässigen Hilfe wegen nannte Fritz es liebevoll *Defi*.

«Wisch doch die Schrift mal wieder aus», flüsterte der Alte ihm jetzt zu. Jo nickte lächelnd: «Dir geht's wohl zu gut. Wo kommen denn hier plötzlich ganze Sätze her?»

Er ging hinunter ins Bad, kleine Handtücher einweichen. Wie er diese Treppe nur *hinter* seinem Großvater hinabgestiegen war, fiel ihm ein, immer morgens kurz vor sechs, über den Hof, in den Stall – um frisches Futter für die Kühe und Schweine in die Koben zu gabeln, zu schütten. Was heute auf dem Nachttisch lag, hing damals noch am Stall: das kleine, angerostete Blechschild einer Feuersozietät, ein weißes Pferd, das sich auf rotem Grund streckte. Dieses Wappen hatte Fritz täglich berührt, bevor er zu den volkseigenen Tieren ging. Das Pferd war Großvaters Schutzpatron.

Das Badezimmer roch wie üblich nach Mull, es stapelte sich frisches Verbandsmaterial, links die Rollen, rechts die Kompressen, dazwischen der Spiegel, in den Jo blickte. Wer gab den beiden eigentlich die ewige Erlaubnis, ihn wie einen Diener herbeizurufen?

Die Schrift auswischen, einen Dreck würde er.

Er schlug sich kaltes Wasser ins Gesicht. Rieb sich die Augen mit den Zeigefingern. Weichte die Handtücher ein.

Und konnte das Bild schon nicht mehr loswerden. Wie sich Fritz sonntags nach der Tierfütterung ein Ledertuch genommen hatte und auf die Leiter gestiegen war, um die geschnitzte Hausschrift zu reinigen, jeden einzelnen gelbgestrichenen Buchstaben auf den drei dunklen Balken, die das Fachwerk seit 1886 über dem Parterre umrahmten und hielten: *Wer nur den lieben Gott lässt walten / und hoffet auf ihn alle Zeit, / den wird er wunderbar erhalten / in aller Not und Traurigkeit. / Wer Gott, dem Allerhöchsten traut, / der hat auf keinen Sand gebaut*. Wie Fritz Brüggemann sich weit nach beiden Seiten reckte. Erst wenn er beim nächsten zu säubernden Buchstaben zu fallen drohte, stieg er von der Leiter und stellte sie um. Jo stand unten, ein Junge, der zwei- oder dreimal pro Ritual geschickt wurde, den dreckigen Lappen auszuwaschen. Neben ihm wartete der Abschnittsbevollmächtigte auf die Leiter, die gab es im Sperrgebiet nur geliehen.

Die Hausschrift der Brüggemanns war die erste Strophe eines alten Kirchenliedes, das die Bewohner Stolpaus und der umliegenden Dörfer noch heute sangen. Kein Text sprach den Christen am Fluss mehr aus dem Herzen, denn natürlich ließ Gott die Sterblichen genau hinterm Deich seit Jahrhunderten auf nichts anderem als auf Sand bauen. Sand allerdings, aus dem er wunderbar fruchtbaren Boden geschaffen hatte. Die Elbauen waren ein Geschenk, und solange Fritz aufstehen konnte, war er nicht nur sonntags, sondern täglich hinübergegangen in die Kirche, um im Gebet zu bekennen, dass außer Gottes Herrschaft keine, auch die der dollsten Einheitspartei nicht, ihn vor Feuer, Blitz und Flut bewahren könne.

Es reichte, diese Treppe rauf- oder runterzugehen, um sich selbst zu verlieren. Auf der sechsten Stufe war wohl eine Art Lichtschranke. Wenn Jo die durchschritt, musste er sich fragen, ob im Stockwerk, das er gerade im Begriff war zu verlassen, wirklich alles in Ordnung war. Ob er dort nicht noch gebraucht wurde.

Auch jetzt drehte er auf dieser Stufe um, ging über den Flur und trat ins Wohnzimmer seines Vaters. Viertel nach elf war für Hans Brüggemann spät, aber er saß aufrecht in seinem Lehnsessel, als wollte er sich einem Gespräch stellen. Der Sohn küsste ihn auf die Stirn.

«Wie geht's ihm denn?», fragte Hans leise.

«Wie immer», sagte Jo.

«Aber er hat nach dir gebimmelt.»

«Ich weiß.»

«Heut Morgen hat er noch normal mit mir geredet, heut Abend durfte ich ihn nicht mal mehr zudecken.»

Lange schwiegen sie sich an. Der Blick des Vaters ruhte auf dem Sohn, dessen Blick ging in die rechte Zimmerecke, dorthin, wo der Holzstab aus der Decke kam, an dem eine Glocke befestigt war. Fritz konnte sie vom Bett aus zum Klingen bringen. Oft genug empfing Hans Brüggemann am Abend hier unten das Signal und sendete ein anderes nach Hamburg, an seinen Sohn.

«Du denkst, ich kümmer mich nicht um ihn.»

«Unsinn.»

Der Vater stemmte sich aus dem Sessel, ging auf die Tür seines Schlafzimmers zu und sagte:

«Wir sehn uns zum Frühstück, nä?»

«Ja.»

Jo ging die Treppe hinauf, legte dem Großvater die Wickel an, saß eine halbe Stunde am Bett. Fritz erkannte ihn, aber er konnte die Augen nur selten schlitzweit öffnen. Vielleicht sollte Jo ihm zum Einschlafen aus der Bibel vorlesen, irgendeine dieser Parabeln, dieser Glaubensbebilderungen.

Wenn Jo einfach so losheulte (was er jetzt nicht tat), dann nur über die unbändige Kraft, die sein Großvater einmal besessen hatte. *Meckerfritze*, das hatte er nicht nur als Spitznamen, sondern immer auch als Aufforderung verstanden, Fritz meckerte ja gerade dann sehr gern, wenn man es ihm verbieten wollte. Landraub nannte er, was der Staat mit der Kollektivierung in den Fünfzigern an ihm verübt hatte. Wann immer er der DDR Versäumnisse vorwarf, musste man seinen persönlichen Verlust an Kühen und Ackerfläche mitdenken.

Jo sah ihn an, er vermisste die Tiraden des Großvaters, das waren so bewegende Momente in diesem Haus gewesen. Fritz hatte sie gern getarnt als Abriss der ostdeutschen Agrargeschichte, hatte bei den *schwachsinnigen* Überlegungen zur Bodenreform begonnen und jedes Mal mit wenigen, aber vernichtenden Worten über den LPG Typ III geendet, für den sein Sohn Hans als Brigadier damals immerhin die Mitverantwortung trug. *Ji hept kien Künn van nix uneeit mol dorvan*, hatte mit glühendem Gesicht derselbe Alte gerufen, der jetzt vor Jo lag und nur grunzte, wenn er zu wenig Luft bekam. Oder auf Hochdeutsch: *Ihr habt nich mal 'n Plan für fünf Minuten.*

Wieder griff ihn die Stille an. Jo hatte plötzlich Lust zu

rauchen, aber Zigaretten gab es nur in Lewins Deichkrug. Also nahm er sich einen Kurzen aus dem Eckschrank, nippte dran, hielt das Glas seinem Großvater unter die Nase. Nicht einmal ein Lächeln. Mit dem zweiten Korn ging Jo hinüber, legte sich aufs Sofa, ohne Licht zu machen, starrte an die Decke seines Jugendzimmers, das ihm über die Jahre zum Gästezimmer geworden war. Das kleine Glas hielt er auf dem Bauch fest.

Das Zimmer war eng, die Holzverkleidung schien immer noch letzte Reste der Sommerwärme zu speichern, die aus dem Parterre längst verschwunden war. Einschlafen? Das konnte er grad mal vergessen. Das hatte hier noch nie geklappt, wenn er es sich vornahm. Er schloss die Augen und sah sich mit dem Auto durch die Dunkelheit fahren, Kurve um Kurve. Studieren wär's gewesen, aber dafür war ja nach neunzig nie genug Geld da. Schwer unterfordert hatte er in einem Halbleiterwerk in Erfurt gearbeitet, bis ihm Hans zur Karriere bei der Polizei geraten hatte, mehr als das, der Vater hatte so lange auf Jo eingeredet – *dein großes Unrechtsbewusstsein, dein gutes Auge, die nötige Strenge für den Beruf* –, bis er den Schmeicheleien nichts mehr entgegensetzen konnte. Aber die Entscheidung selbst war doch kein Fehler gewesen! Jo hatte die Ausbildung bei der Hamburger Polizei mit Bravour absolviert. Ein guter Schütze, korrekt im täglichen Dienst. Sechs Jahre später war aus dem Polizeimeister ein Kommissar geworden.

Man entnahm seinen Akten, dass er einmal Zusatzkurse zum Funker belegt und auch die ungewöhnlich gut abgeschlossen hatte.

«Ja, eine Leidenschaft.»

«Interessant.»

Dieser kurze Dialog fand allerdings in einem Disziplinarverfahren statt, welches eröffnet wurde, weil zwei Beschwerden über Jo aus der Bevölkerung und eine von Kollegen vorlagen, die sein Auftreten als *überhart* einstuften. Jo Brüggemann war angeeckt. Na gut. Aber *zynische*, sogar *menschenverachtende* Kommentare gegenüber unschuldigen Passanten? Hätte er sicher nicht abgegeben, konnte ja wohl nicht wahr sein.

In der Nacht Westwind, sehr unstet. Die meiste Zeit ließ er den Regen zwischen die Höfe fallen, um ihn sich plötzlich zu greifen und Jo Brüggemann auf die Dachfensterscheibe zu drücken. Und der lag weiter wach unter dem Prasseln.

Er hörte außerdem das Schnarchen des Großvaters nebenan.

Während des Disziplinarverfahrens zitierte Jo einen Satz Friedrichs des Großen, den er sich früh eingeprägt hatte: *Wie ein Land an der Grenze funktioniert, so funktioniert ein Land*. Ein Lieblingssatz seines Großvaters.

Seine Vernehmer sahen sich ratlos an.

Jo fuhr fort, er würde niemals behaupten, großeres Unglück als andere durchlitten zu haben, aber er habe schon immer gefunden, dass in diesem Friedrich-Zitat alles über seine Jugend gesagt sei, und auf seine Jugend wolle er sich jetzt mal berufen, wenn das nicht auch schon wieder verboten sei. Die gewaltige Präsenz des Eisenzauns. Die Sirene. Die Schüsse. «Wenn Sie mich also hart nennen, kann ich nur sagen: Humorige Menschen wachsen woanders auf.»

Seine Vernehmer nickten nur, weil sie so staunten. Es hieß, er solle erst mal wieder zur Ruhe kommen, wofür er nach dem Verfahren in ein Gefilde versetzt wurde, das die Ruhe selbst war, auch wenn viel gesprochen wurde: der Polizeifunk. Funken kam Jo vor wie Angeln, die Kabine wie ein Platz am See. Härter konnte die Strafe nicht sein.

Härter war nur, dass die Strafe seit vier Jahren anhielt. Hob Jo die Hand und meldete Ansprüche an, musste das als sicheres Zeichen dafür gelten, dass er noch nicht zur Ruhe gekommen war. Unter den Kollegen kursierte die Frage, *ob sich Brüggemann wirklich über die Sirene beschwert habe*. Ein Missverständnis wurde zum Witz auf seine Kosten. Jo wurde nur bei Demos gegen die Castor-Transporte eingesetzt, um wie alle anderen auch seine Überstunden anzuhäufen. Ansonsten ließen ihn seine Vorgesetzten auf der Funkstation vergammeln.

Wann hatte es aufgehört zu regnen? Und jetzt das unverhoffte Licht! Er musste also doch geschlafen haben. Hier war er. Sein Vater hatte ihn auf der Arbeit angerufen, Jo hatte seine Nachtschicht einem anderen Funker übertragen und war losgefahren. Dass er in die Dienstpläne eingreifen konnte, war überhaupt der einzige Vorteil seiner Versetzung. Nutzte er ihn zu häufig aus? Dachten die Kollegen mittlerweile, Jo habe sich zum Funk abstellen lassen, damit er nachts aufs Land fahren und sich um seinen Großvater kümmern konnte?

Jo stieß sich in die Senkrechte, sah durchs Fenster, wusste, was zu tun war. Etwas Besseres als einen frühen Spaziergang konnte man hier nicht erleben. Er schlüpfte in die Gummistiefel seines Vaters. Sein Atem in der Hofluft. Stumpf stand die Sonne auf den Stolpauer Wiesen, versilberte die Nässe.

Jo Brüggemann ging nicht auf dem Deich entlang, er ging *freundwärts*, ins Binnenland. Seine Hände lagen auf dem Fernglas, das vor seiner Brust hing. Er atmete tief durch, wechselte in den Laufschritt, um seinen Körper zu spüren. Ließ ein Feld hinter sich, durchquerte Gestrüpp. Am Waldrand stand die Buche mit dem Seeadlerhorst, Jo empfand tiefen Respekt vor dem Gebilde. Kein Herbststurm hatte den Horst zerstören können, seit die Adler hier im letzten Sommer ihre Brut aufgezogen hatten. Wo sie in diesem Jahr nisteten, wusste er nicht, aber er sah die Altvögel recht häufig im Revier. Ihren Nachwuchs nie.

Wie machte das Seeadlermännchen? *Kjü, kjö* oder *jou?* Ein ansteigender Laut? Ein Jubeln, wenn ja, ein fragendes Jubeln?

Drei Jahre lang ging das jetzt schon so; seit sein Vater das muffige Zimmer verlassen und es sich in den Kopf gesetzt hatte, einen Vogelatlas zu erstellen. Drei Jahre sammeln, trennen, kombinieren. Hans mit Digitalkamera, vor allem aber mit dem Minidiscgerät, Vogelstimmen aufzeichnend und seine Imitation davon. Und Jo hatte ihn auch noch mit dem ganzen Zeug ausgestattet, ihn logistisch unterstützt! *Papa, die Leute wollen heute keine Schwarte mehr, mach 'ne DVD, 'ne Website!* Jo hatte seinem Vater von *Usern* erzählt, als seien sie die einzig mögliche Zielgruppe, er hatte in Hamburg einen Programmierer für das Projekt besorgt. Und Hans Brüggemann hatte seine Lethargie abgeworfen und Kontakt mit dem Naturschutzbund aufgenommen, der sich an dem Vogelatlas überaus interessiert zeigte. Hans begann wieder, fremde Menschen *Idioten* zu nennen und zu sagen: «Am Ende verkauf ich sowieso meistbietend.»

Seitdem also ging sein Vater nicht mehr spazieren, sondern *auf Tour*. Jo verstand das nur zu gut, auch er hasste Hobbys, solange sie bloß Beschäftigung blieben. Ein Ziel war nur ein Ziel, wenn man ihm einen Namen gab und ihm seine Zeit unterordnete.

Stopp! Wie viele Kraniche? Jos Lider zitterten, als er die Augen schloss und die Vögel herannahen hörte. Sie flogen direkt über ihn hinweg, ein Kreischen wie von Bremsen und Keilriemen. Acht, dachte er und öffnete die Augen. Es waren zehn. Die Vorhut. Jo Brüggemann hob das Fernglas. Er freute sich darüber, dass er zuerst auf Kraniche getroffen war und nicht auf eine Gänseschar. Wenn er tief einatmete und die Luft anhielt, konnte er die Geschwindigkeit mitgehen, den Vogelkeil Millimeter für Millimeter verfolgen. Diese ruhige Hand war durch viel Training mit Hans auf ihn übergegangen. Lange war es her, dass die beiden gemeinsam Vögel beobachtet hatten. Der Alte trug das Fernglas an der Lederschnur um den Hals. Jo hatte unter dem Band hindurchzutauchen und sich mit dem Rücken vor den Bauch des Vaters zu stellen. Der Junge war gar nicht dazu gekommen, sich der körperlichen Nähe zu schämen, denn wenn Hans Brüggemann von hinten das Glas vor Jos Augen hielt, hockte punktgenau im Fokus ein Vogel. Hans konnte die Vögel noch ins Glas bannen, wenn er gar nicht selbst hindurchsah! Als bestünde da ein Bündnis zwischen Mensch und Tier.

Im November würde am Himmel wieder die Hölle los sein, aber jetzt waren noch keine weiteren Zugvögel zu entdecken. Fast zwei Stunden war Jo gegangen, bis er schnellen Schrittes auf der Stichstraße zurück ins Dorf kam, auf den Sandweg vor den Deichgehöften einbog. Hans würde sicher schon mit dem Frühstück auf ihn warten. Frau Jessen, Elbdeich 3, versäumte es zu grüßen. Die alten Leute grüßte Brüggemann höchstens zurück. War das so verwunderlich, dass er nicht übers Wetter reden wollte? Darin, sagten sie, sei er seinem Vater doch sehr ähnlich.

Der alte Lewin winkte aus dem Garten vor dem Deichkrug. Es war aber kein grüßendes Winken, es war ein Heranwinken. Jo trat durch die Pforte und ging hinüber. Das weiße Ding sah aus wie ein Boot mit zu hohen Außenwänden, erst beim Näherkommen wurde es zum Schuttcontainer. Lewins bauten gerade die Kneipe um.

«Das muss jetzt mal ein Ende haben, Jo. Dein Vater ...»

«Was ist denn?»

«Was ist denn, was ist denn. Immer taucht Hans irgendwo zwischen den Feldern auf, streicht ein paar Äste zur Seite und steht plötzlich an der Straße, steht im Weg. Das ist.»

«Ach was», wehrte Jo ab. «So ’n Quatsch.»

«Die Leute haben Angst, Jo. Dass der nie damit aufhört.»

«Wer fühlt sich denn belästigt?»

«Ich krieg auch ’ne Meise davon», sagte Lewin. «Du,

dein Herr Vater ist hier zwanzig Jahre rumgelaufen mit seinem Bleistiftstummel im Hemd.»

Jo winkte ab, ohne ein weiteres Wort verließ er den Garten. Ihm war das Blut in den Kopf geschossen. Er wusste, dass einige seinem Vater seit Jahren auswichen. Deshalb hatte der ja so lange in der Stube gehockt und Löcher in den Deich geglotzt.

Er konnte nicht gleich ins Haus gehen, stieg selbst für einen Rundumblick auf diesen Deich. Hoch über dem Fluss hing ein Ballon mit roten, schwarzen und gelben Streifen. Jo nahm ihn ins Visier und erschrak über das heftige Rauschen. Den Brenner hörte man bis hier drüben. Es gab Zeiten, da wäre für dich schon lange Schluss gewesen, dachte er, da hätten sie dir Kugeln in den Wanst gejagt wie einem Wildschwein.

Jo Brüggemann hörte hinter sich ein Auto vorbeifahren und den Schlamm an den Wegrand spritzen. Bald würde der Schlamm aushärten, die Kälte an Trockenheit gewinnen. Er spürte den Frost schon auf den Lippen. So ein Herbsttag war das.

Er drehte sich einmal um die eigene Achse, das Fernglas vor den Augen. Dabei fiel sein Blick auf Hans, der die Gardine zur Seite gestrichen hatte und ihn aus der Wohnstube ansah. Jo erschrak nicht, nahm das Glas nicht runter, sondern fixierte den dunklen Balken über dem Fenster. Die gelbe Farbe war fast überall abgeplatzt, die Hausschrift völlig verwittert. Niemand stieg mehr auf die Leiter. Jetzt hielt Jo das Fernglas aufs Obergeschoss. Da war natürlich nur Gardine, regte sich nichts.

Er schritt durch die Gartenpforte auf das Hallenhaus

zu, im Windfang zog er seine Gummistiefel aus und stellte das Fernglas daneben. Dann ging er hinein zu seinem Vater.

«Die ersten Kraniche», sagte Jo.

«Deine ersten.» Hans goss seinem Sohn Kaffee ein, dem man ansah, dass er nicht mehr heiß war. Jo köpfte sein Ei. Sie saßen an den Enden des Tisches, der Ältere hatte die Ellbogen aufgestützt.

Eine Weile verging.

«Gehst du eigentlich wieder in den Deichkrug?»

«Der hat doch dicht.»

«Wenn er jetzt wieder aufmacht, mein ich.»

Hans zog die Schultern hoch, nahm eine Scheibe Pumpernickel aus der Packung und bestrich sie dünn mit Margarine. Auf seiner Tischhälfte stand ansonsten nur noch ein Glas Honig. Auch er musste schlecht geschlafen haben, Jo meinte sogar, eine dünne, aufgeplatzte Ader auf der rechten Wange seines Vaters zu erkennen, die gestern Abend noch nicht dort zu sehen war.

«Was macht die Polizei?»

Jo biss in ein Leberwurstbrötchen.

«Sie funkt. Hat er heute Morgen noch gebimmelt?»

Hans schüttelte leicht den Kopf.

Jo nickte.

Eine Weile verging.

«Der bimmelt erst wieder, wenn du weg bist.»

Vor der Abreise ließ Jo Flüssigseife und Wasser in eine Schüssel. Er hob den Oberkörper des alten Mannes an, knöpfte ihm den Pyjama auf und wusch ihn unter den

Achseln. Er kämmte ihm den weißen Haarkranz. Jo musste nicht ständig Fritzens Hand halten, das fand der unnötig. Anwesenheit sei ihm viel wichtiger, das hatte er Jo oft gesagt. Also trat der Enkel ans Fenster. Es fiel ihm nichts ein, was er sagen wollte.

«Weißt du noch, wie wir die Elbe sichtbar gemacht haben?»

«Mmmh», kam die schwache Stimme aus dem Hintergrund.

«Sie sieht schön aus. Was für'n Glast, würdest du sagen.»

Fritz drehte seinen Kopf auf dem dicken Kissen Richtung Fenster, mit einem Auge konnte er Jo wohl sehen.

Jo ging hinüber, küsste seinen Großvater auf die Stirn, strich ihm auch über die Wange. «Jetzt muss ich aber, Opa.»

Fritz schloss kurz die Augen. Ein Zuzwinkern, ein Ja.

Die Gaststube war nicht länger vom Schankraum abgetrennt, die Zwischenwand verschwunden, zwei Toiletten in einen Anbau ausgelagert, die halbe Nordwestseite verglast und mit einem Schiebetürsystem versehen. Ein befreiter Blick führte dort in den kleinen Vorgarten und bis zum Deich hinauf.

Es war Sonntag, das Werk vollendet.

Martha Lewin ließ sich auf einem Stuhl nieder, strich mit beiden Händen über die Kirschbaumplatte. Schön, die rötliche Maserung. Sie sah zu ihrem Sohn auf, nickte, schob dabei die Unterlippe vor und rieb dann den Daumen gegen die Kuppen von Zeige- und Mittelfinger. Zusammengenommen sollte das bedeuten: Martha mochte den Tisch, sie wusste aber auch, dass achtzehnmal Kirschbaum seinen Preis hatte.

Irgendwo in der neuen Helligkeit lag noch der Lieferschein, die Tische und Stühle waren erst am Vortag eingetroffen. Für Jens Lewin der krönende, aber unbedingte Abschluss des Umbaus, denn bis dahin war der Deichkrug trotz aller Eingriffe ein Flickenteppich geblieben – neben ein paar Holz- und Korbhinterlassenschaften, die Martha von ihren Eltern geerbt und jahrzehntelang im Schuppen eingelagert hatte, wirkten die meisten Möbel wie aus einem Museum für den DDR-Alltag der achtziger Jahre. Der Ramsch der Dorfnachbarn, aussortiert, nachdem sie die Baumärkte im Westen geplündert und sich neu eingedeckt hatten. Alles Sondermüll. Mehr Gift als Holz. «Glaubt mal ja nicht, dass du das Zeug so verbrennen darfst mit den Lacken», hatte Jens zu seiner Mutter gesagt.

Martha blieb am Tisch sitzen, als sich Jens nach oben verabschiedete. Bis eben hatten Mutter und Sohn in der Küche die Platten fürs Büfett angerichtet, um zehn Uhr würden die beiden Aushilfen eintreffen und die letzten Handgriffe übernehmen.

Anne rubbelte sich gerade die Haare trocken, als Jens zu ihr ins Bad kam. Sie sah ihn im Spiegel. Er nickte: «Jetzt kann's losgehen.»

Seine Frau berührte ihn flüchtig am Arm: «Ich muss die Rede nochmal ankucken.»

Wenn er die Hände zur Faust ballte, spürte er, wie spröde seine Haut geworden war. Er drückte sich mit dem rechten Daumen auf die Schwielen in der linken Handfläche, dann andersherum. Er duschte, cremte sich ein, lehnte den Oberkörper übers Waschbecken Richtung Spiegel. Leichte Ringe unter den Augen, die Arbeit der letzten Wochen, dachte er, schwere körperliche Arbeit für einen wie ihn.

Nachdem Jens vor vier Jahren in Göttingen den Redakteursposten bekam, hatte er jeden noch so absurden Außentermin angenommen, um nur nicht im Büro sitzen zu müssen. Aber diese Verunsicherung hatte sich zuletzt spürbar gelegt. Er sei lockerer geworden, hieß es unter den Kollegen, geradezu aufgeblüht. Nur am Tag des Abschieds vor zweieinhalb Monaten, als es Kaffee und Torte gab und er vor die Belegschaft getreten war, hatten sie alle den alten Jens Lewin erlebt. Ein von der eigenen Entscheidung gepeinigter Mann, dem sie nacheinander auf die Schulter klopften. Respekt zollten sie ihm, der Chef vom Dienst fand es sogar «höchst lobenswert, dass Jens eine Familientradition weiterführen will».

Er hatte nur dagestanden und weder Lob noch Dank oder auch nur Glückwünsche annehmen können.

Anne hängte ihm den Anzug raus, den er im Büro nie trug, er sah es im Spiegel. Heute musste es der Anzug sein, das wusste er selbst.

Sie lief noch im Bademantel herum, als er sich schon die Fusseln vom Jackett zupfte. Die Härte des Stoffes unter seinen Fingern störte ihn, den Anzug hatte er sonst ausschließlich getragen, wenn er auf Fernsehleute oder andere Wichtigtuer traf, die sich für Persönlichkeiten hielten. Für wen eigentlich heute außer für die Eltern? Würde der Bürgermeister von Neuhaus zur Eröffnung erscheinen? Vielleicht dessen Stellvertreter, der hier im Sommer mal mit Leuten aus dem Bauamt im Gefolge angerückt war.

Jens ging die Treppe hinunter. Wie Martha jetzt dasaß! Schwarz-grünes Seidenkostüm, um den Hals eine Kette mit großen türkisfarbenen Steinen, Rouge auf den Wangen, Lippenstift.

«Schick, du!», rief Jens, um seiner Mutter zuvorzukommen.

«Na, aufgeregt?», fragte sie und verstärkte seine Aufregung.

«Wollst du auch ’n Espresso?», fragte Jens. Sein Vater

kam gerade aus der Tür, die zur Wohnung der Eltern führte. Ludwig war Rheumatiker, oft bewegte er sich nicht schneller als der Schatten eines Hauses im Hochsommer.

«Wollst du ein', Vadder?»

Ludwig und Martha verneinten. Die neue Kaffeemaschine hatte seine Eltern genau drei Tage lang fasziniert, jetzt tranken sie wieder ihre Filterplörre. Der Alte setzte sich im dunkelvioletten Zweireiher neben seine Frau. Sie zuppelte ihm an der Fliege herum.

Jens begrüßte derweil die beiden Aushilfen in der Küche, ein Geschwisterpaar aus dem Nachbardorf, beide Anfang zwanzig und arbeitslos. Der Junge hatte ihm auch beim Wanddurchbruch geholfen. Dann setzte er sich mit der kleinen Espressotasse zu den Eltern, schlug beiläufig das Faltblatt auf, das herumlag und mit dem sie für den heutigen Tag geworben hatten.

«Na, ham wir doch noch 'n bisschen Ruhe.»

Schön, wie seine Mutter ihn ansah, wie sie lächelte und ihm eine Hand auf den Ärmel legte. Natürlich freute sie sich über sein äußeres Erscheinungsbild. Sie selbst hätte sich gar nicht schminken müssen, sie wirkte sowieso jünger als vor ein paar Wochen. So wie sie ihm gegenübersaß, wurde Marthas Gesicht im Hintergrund von dem weiß verputzten Durchbruch gerahmt, und er fand, dass das Bild damit ein doppeltes Leuchten gewann, das sowohl in die Zukunft wies als auch zurückführte in ihre Jugend.

Siebzehn war Martha gewesen, da lag Stolpau plötzlich im Schutzstreifen der Sperrzone und der Deichkrug wurde auf Anweisung geschlossen. Jens stellte sich die Staubschicht vor, die sich damals über den Schanktresen gelegt hatte. Immer dicker, flockiger, ein Gewöll. Mehr als ein Jahr sollen die Großeltern vergehen lassen haben, bis sie den Ausschank rausrissen. Nicht aus Protest – aus Trauer. Jens stellte sich Martha als Mädchen vor. Sicher hatten ihre Heiterkeit und Kraft den Großeltern geholfen, über die bittere Enttäuschung hinwegzukommen.

«Eine neue Zeit», sagte Martha.

«Ich hab grad an die Zeit gedacht, wo die Kneipe verboten war», sagte Jens.

Ludwig: «Ach. Nu grade heute. Das is ja nu lange –»

«Gab's da nicht die Vorschrift, dass Versammlungen mit mehr als drei Personen generell untersagt warn?»

«Gab's auch mal», sagte Martha, ohne den Sohn anzusehen.

«Hier gab's alles schon mal», sagte Ludwig und legte eine Hand auf die Hand seiner Frau. Sie lächelten sich an wie Sieger, aber während Marthas Gesicht strahlte vor Stolz und Selbstbewusstsein, zog Ludwig den linken Mundwinkel leicht nach außen, als sei Zeit ein zu bizarres Ding und er zu oft im Leben der Geschlagene gewesen, um noch an Endgültigkeit zu glauben.

Die Tür des Deichkrugs ging auf, jemand kam mit viel zu schnellen Schritten herein, hielt direkt auf den Tisch der Familie zu. Es war Hans Brüggemann:

«Was ist das hier draußen.»

Er sah und sprach direkt Jens an. Ludwig hatte einen Angriff dieser Art gestern Abend nicht nur vorhergesehen, sondern dabei auch angekündigt, die Sache mit Brüggemann zu regeln. Jetzt, da er selbst nicht angesprochen war, bekam er den Mund nicht auf.

«Wir haben gestern erst neue Tische bekommen», sagte Anne, die gerade die Treppe herunterkam.

«Und deshalb bauen Sie die alten einfach auf meinem Grundstück auf?»

Hans Brüggemann beugte nicht den Rücken vornüber, sondern nur den Kopf, und da er ihn dabei leicht zur Seite kippte, sah es aus, als sei er schwerhörig und halte sein linkes Ohr in die Runde. Die Arme lagen streng am Oberkörper. Jens schluckte.

«Ach, nun seien Sie doch nicht so, machen Sie doch mal eine Ausnahme», sagte Anne, «Herr Brüggemann, kommen Sie, nur zur Eröffnung.»

Jens sah sie scharf an. Das sollte wohl entwaffnende Naivität sein. Auf Jens wirkte ihr Ton unterwürfig, beschämend. Aber sie hatte ja keine Ahnung. Wie sollte sie auch. Brüggemann polterte:

«Ist heut doch sowieso viel zu kalt zum Draußensitzen.»

«Immer schön», sagte Jens, «wenn ein Mensch alles weiß und auch für alle sprechen kann.»

Der drahtige Alte ging bis zur Glasfront vor und sah hinaus. Eine Hollywood-Schaukel stand vor dem Deich, über einem großen Grill hing ein Spanferkel, das sich später drehen sollte. Sogar eine kleine Sandkiste für die Kinder war aufgestellt, und gestern – während des nervenaufreibenden Wartens auf die Kneipentische – hatte Jens ein Fußballtor gebaut: einen meterhohen Rahmen gezimmert und ein altes grünes Fischernetz dahintergespannt.

Ludwig trat von hinten an seinen Nachbarn heran.

«Hans, du machst doch da seit fünfzehn Jahren nix mehr, außer dass du mal ab und zu mähst. Und es soll schönes Wetter geben heute.»

«Dann müsst ihr mir die Wiese abkaufen. So geht das nicht.»

Die ersten beiden Musiker trugen ihre Instrumentenkoffer in die Gaststube, Jens begrüßte sie überschwänglich und laut. Er wollte über den alten Brüggemann hinwegtönen, hoffte, der Nachbar würde abhauen, wenn er erst merkte, dass er hier nicht länger im Mittelpunkt stand. Anne begriff sofort, dass das Gepolter Taktik war, sie verabschiedete sich ebenso lautstark nach oben, weil sie «die Rede nochmal durchgehen» müsse. Die Aushilfen trugen Wärmeplatten, Edelstahlschalen und Spiritusbrenner durch den Raum, verschoben Tische. Hans Brüggemann, den niemand mehr beachtete, verließ den Deichkrug, nicht ohne Ludwig vorher eine Frist zu setzen: Bis morgen früh um zehn habe alles wieder aus seinem Garten zu verschwinden.

Jens hielt den Mittelfinger lange hoch und ausgestreckt.

«Gott, was für ein Pisser.»

«Jens! Nu lass doch.»

«Er ist ein Un-Mensch.»

«Er hat halt seine Prinzipien.»

«Da hast du recht, Mudda. Die hat er immer gehabt.»

Jens schwitzte jetzt schon wie im Hochsommer, hätte sich diesen blöden Anzug am liebsten vom Leib gerissen. Martha musste ja wissen, dass er sich noch zurückgehalten hatte. Er lehnte an der Wand neben der Eingangstür und sah auf die Armbanduhr, die er sonst nicht trug. Weitere Musiker erschienen, mit ihnen traten auch die ersten Gäste ein und brachten frische Herbstluft in den Raum.

«Martha!», trällerte eine alte Dame und steckte ihren Schal in den Mantelärmel.

«Hallo Lenchen.»

«Och, ganz toll, also ganz toll issas geworden. Wann eröffnet ihr denn das Büfett? Tach, min Jung.»

«Das ist Lenchen Alpers und ihr Mann Horst», erklärte Martha.

«Tach.» Jens reichte der alten Dame die Hand. Lenchen Alpers sah ihn an, als hätte sie einen Handkuss erwartet.

«Wir fragen uns gerade, ob dein Sohnemann was sacht», flüsterte sie ihrer alten Freundin Martha so laut zu, dass auch Jens es hören musste.

«Meine Frau wird eine kleine Rede ...»

«Ach ja.»

Sie ist mal eine Prinzessin gewesen, dachte Jens, in einer fernen, fast vergessenen Zeit mochte diese Hochnäsigkeit wohl als Eleganz gegolten haben.

«Tach, Herr Alpers», sagte Jens.

«Tach, Herr Dschunior. Dschens, nicht wahr?»

Um Himmels willen, wenn das so anfing, so weiterging, um womöglich so zu enden – er würde den Tag nicht durchstehen. Horst und Lenchen Alpers bedrängten ihn von beiden Seiten, wie Felsmassive, er hörte das Echo ihrer Stimmen. *Dein Sohnemann*, hallte es in ihm nach, *Herr Junior* ...

«Ich kuck ma nach'em Spanferkel», sagte Jens zu Martha und wendete sich ab, um sich draußen eine Zigarette anzuzünden.

Es war wirklich zu kalt hier, man konnte nicht im Freien sitzen. Rechts von ihm, auf dem Deich vor der Gartenpforte, wuchs bereits eine Raupe von Autos, von der er sich wünschte, dass sie sich später bis hinunter zur Kirche ziehen möge.

Man müsste eine Veranda bauen, eine Überdachung. Nur um dem alten Brüggemann was vor die Nase zu setzen. Eine solche Gartenfläche besaß hier sonst niemand, dachte Jens, die anderen Grundstücke waren bloß Handtücher, schmale Streifen von zehn Meter Breite.

Nur schade, dass es Nordwesten war. Kaum direkte Sonne.

Er sah durch die Verglasung nach innen. Martha und Ludwig nahmen die Gäste in Empfang. Martha suchte Jens, sie wirkte unruhig. Sie erwartete, dass der Sohn neben ihr stand, sich die Namen sagen ließ und die Leute begrüßte. Martha setzte auf ihn. Den Ehemann zu ihrer Rechten hingegen nahm sie nicht mal mehr wahr, so selbstverständlich war dessen Unterstützung. Ob Ludwig nun stand, saß oder schlief, er tat alles einfach immer an ihrer Seite. Er lebte von der Nähe zu Martha.

Jens dachte daran, wie ungeschickt Ludwig manchmal von der «ersten Zeit» erzählt hatte, vom Kennenlernen, und dass sie eigentlich nur geheiratet hätten, damit er mehr als diese Tagespassierscheine bekam. Er wollte in den Westen, er meinte lange, nur zu Besuch in Stolpau zu sein, um seine zukünftige Frau «da rauszuholen». Aber dann hatte Ludwig erkennen müssen, dass er auch dem Sperrgebiet sein Jawort gegeben hatte. Denn Martha ging hier nicht weg. Und bei aller Bescheidenheit wusste sie doch eines genau: dass Ludwigs Liebe zu ihr größer war als sein Freiheitsdrang.

Anne klopfte an die Scheibe und winkte ihn hektisch heran, mit aufgerissenen Augen. Jens drückte den zweiten Zigarettenfilter in die Wiese.

«Wahnsinn, wie voll», sagte sie.

«Super», sagte er.

«Is noch wegen dem Alten? Nu komm mal.»

Jens lächelte, er beugte sich über den Karton mit Gläsern, den seine Frau vor sich hertrug. Sie mochte den Zigarettenrauch nicht, der Kuss geriet kurz. Er ließ die Glastür durch den Rahmen gleiten, bis er den Hebel runterdrücken und sie so in die untere Schiene absenken konnte. Alle sollten ihm dabei zusehen. Helligkeit war hier *seine* Idee.

Als er sich umdrehte, überall Bewegung, Farben, Stimmen. Und Kinder. Familienfreundlichkeit sei ja heute unabdingbar für ein Gasthaus, meinte Anne. Wo war seine Frau denn nun schon wieder hin? Er hatte sich Filz unter den Stuhlbeinen gewünscht, aber Anne ihm bloß den Vogel gezeigt: *Sind wir hier im Theater oder was?*

Alle Augen waren auf ihn gerichtet, nur er fand keinen Halt. Da drüben waren seine Eltern. Er sah auch auf die Entfernung, dass Ludwig Martha gerade seinen typischen Rheumabeschwerdesatz ins Ohr flüsterte. Kurz darauf setzten sich beide an den Tisch zu irgendwelchen alten Freunden, die Jens nicht einmal von Fotos kannte.

Dann zog Anne an der Glocke, die Jens am Tresen befestigt hatte. In der anderen Hand hielt sie ein Mikrofon, durch das sie die Gäste herzlich begrüßte. Auch das Zeichen am Küchenfenster hatte Anne nicht vergessen, denn jetzt schlich die Blaskapelle von der Nordseite in den Garten, stellte sich auf, spielte einen Tusch. Von den Strümpfen bis zur Kappe waren sie in Blau und Gelb gekleidet, blau-gelb auch ihre Notenpulte, die schief auf dem unebenen Gartenboden standen.

Vom Tresen aus schaute Jens sich die Kapelle eine Zeit lang an. Im Hintergrund wurde eine Gardine zurückgestreift – als wüsste Brüggemann genau, dass Jens ihn sehen konnte.

«Du schenkst gleich Bier aus, oder?», fragte Anne.

Jens nickte, nestelte an den beiden oberen Knöpfen seines Hemdes herum, wedelte sich mit einem Bierdeckel Luft zu. Die Musik verklang, Anne fasste seine Hand, er erwiderte den Druck. Dann trug seine Frau, ohne dabei aufs Manuskript zu schauen, jene Rede vor, die sie beide zusammen geschrieben hatten:

Meine Damen, Herren und Kinder, liebe Gäste. Vor fast genau vier Monaten bekamen wir beide, Jens und ich, Anne Lewin, in Göttingen einen aufgeregten Anruf – die liebe Martha sagte, der Herr Bendorf, der zuletzt alle Besorgungen gemacht, die Einkäufe ins Haus, in den Keller getragen hätte – jetzt wäre er nach einigen Jahren abgesprungen, der wolle sich als Koch selbständig machen. Wir dachten spontan: Aha, es ist an der Zeit – einen weiteren Fremden sollen Jens' Eltern, meine Schwiegereltern, nicht mehr einarbeiten. Wir hatten ja schon lange auf den

Wink gewartet, wir warn bereit, aber wie Sie sehen – wir hatten auch unsere Vorstellungen, die wir hier im Sommer … also, vor allem mein Mann hat hier viel Energie reingesteckt, um das Gasthaus auch tatsächlich, ja, neu zu er-öff-nen. Wir wollten eine offene, helle, schöne Atmosphäre am Deich schaffen. Und wir hoffen, dass uns das ein bisschen gelungen ist. Das müssen natürlich Sie, unsere heutigen und hoffentlich auch zukünftigen Gäste, beurteilen. Heute möchten wir Sie aber erst einmal beschenken, Ihnen eine Freude machen mit einem Büfett, und ansonsten soll natürlich auch nicht alles anders werden, denn Martha und Ludwig haben ja den Deichkrug wunderbar geführt. Deshalb erst einmal für die beiden eigentlichen Stars an diesem Ort ein herzlicher Applaus vor allem auch von unserer Seite! – (Tusch) – *Ja, ohne euch gäbe es das alles ja gar nicht. Wenn ich bedenke, wie du, Martha, immer um den Deichkrug gekämpft hast, das will ich kurz mal erzählen.*

Martha hat ja in einem Schweriner Hotel gelernt, und danach ist sie von hier über zwanzig Jahre lang am Stolpauer Schlagbaum vorbeigefahren, raus aus dem Sperrgebiet bis nach Neuhaus, da war sie im Gasthof, und ihr Eifer wurde ja oft gerühmt. Fehlte jemand in der Küche, ist sie mit dem Fahrrad hingefahren, hatte sie Küchendienst und eine Kellnerin fiel am Abend aus, dann legte Martha eine Doppelschicht ein. Alles hat sie getan, damit ihre Mutter stolz auf sie war – also, Martha hat immer die gastwirtschaftliche Tradition der Familie hochgehalten, als das hier in Stolpau nicht mehr ging. Und sie hatte immer – nicht wahr, Martha, hast du mir ja erzählt – diese

Holzkiste unterm Bett und sah sich abends die darin aufbewahrten Fotos aus den dreißiger und vierziger Jahren an, als der Deichkrug florierte, und feine Menschen, fast so fein wie wir heute, saßen mit aufrechtem Kreuz auf weißen Eisenstühlen und sahen gutgelaunt in die Kamera. Dann hat sie die Lampe ausgeknipst, die Augen geschlossen und ist so langsam in den Traum von der Selbständigkeit hinübergeglitten, der gastronomischen Selbständigkeit, so, nicht wahr?

Eins jedenfalls war für die Stolpauer immer ersichtlich – gut, Martha war höflich, lustig, gemeinschaftlich, sie konnte ganz von sich selbst absehen, ob sie nun dienstags für die Frauenbrigade auftischte oder sonntags nach dem Gottesdienst in noch größerer Runde Kaffee und Kuchen servierte, hat aber … was ich eigentlich meine – Martha hat immer nur für den großen Tag geübt, an dem sie den Lewin'schen Hof wieder zum Deichkrug machen konnte. Und das hat geklappt. Die Wende erschien, muss man sich vorstellen, wie eine Fee, die erfüllte Martha ihren sehnlichsten Wunsch – im Frühjahr 1991 hat sie mit sechsundfünfzig diese Gastwirtschaft eröffnet. Da kannten Jens und ich uns noch gar nicht, und Jens war auch noch weit davon entfernt, hier mitzutun, oder? Kurz und gut: Es ist für uns eine große Verpflichtung, ihr ab heute zur Hand zu gehen und mitzutun, dass der Deichkrug weiter besteht. Wir heißen Sie also alle willkommen, von 0 bis 92 Jahren. Oder hab ich jetzt jemanden vergessen …? Nein? Doch, tatsächlich: Frau … Frau – wie? Frau Löffler ist zur Eröffnung des Deichkruges dabei. Wie alt, wenn ich fragen darf? – 95!? Toll! 95 also, meine Damen und Herren, ich korrigiere: alle von 0 bis 95. Und auch Petrus spielt mit, sehen Sie hinaus, ein wunderschöner Herbsttag. Ich wünsche Ihnen drinnen wie draußen, wo ab 16 Uhr das Spanferkel serviert wird, einen gesegneten Appetit und ein heiteres Zusammensein und eröffne dann hiermit nicht nur offiziell den Deichkrug neu nach dieser längeren Sommerpause, sondern auch das Büfett – herzlich willkommen!

Der Applaus war stark, bis der Lärm des Stühlerückens ihn übertönte. Jens Lewin nahm seine Frau in den Arm.

«War gut?»

«Ich bin gerührt.»

Er lächelte noch, als er die ersten Biergläser füllte. Wenigstens seine tolle Frau hatten jetzt alle gesehen und erlebt, wenn er selbst schon nicht so in Form war.

Seine Mutter war herbeigeeilt und nahm Anne fest in die Arme, die beiden lösten sich gar nicht wieder voneinander. Jens dachte, Martha würde weinen, aber sie war nur kurz davor. Wenig später stand sie bereits in der Büfettschlange. Ludwig hatte sich mühsam erhoben und folgte ihr. Eine Schildkröte, die ihrem Ziel entgegenkroch. Jens ließ die Gläser stehen.

«Vadder», er legte seinen Arm um ihn und führte ihn an den Tisch zurück, «was willstu gerne essen, eher Fleisch oder Fisch?»

«Denn bring mir man den Braten mit Kartüffeln.»

Jens ging zum Büfett, Martha kam ihm schon wieder entgegen:

«Lecka, lecka, min Jung. Kiek, wat din Mudda sich ahlns upploden hätt.»

Martha war ganz in ihrem Element. Konnte sich sogar vormachen, das Essen gar nicht selbst zubereitet zu haben. Plattdeutsch sprach sie sowieso nur, wenn sie sich wohlfühlte.

«Gleich mit Nachtisch», sagte Jens.

«Rode Grütt.»

«Und? Die Rede?»

«War doll, nich?»

«Fand ich auch», sagte er. «Hauptsache, er drüben ruft nicht die Polizei, wegen der Blasmusik.»

«Ach wat. Nee.»

«Ich hol mal was für Vaddern.»

Sie nickte und wurde am Arm in ein anderes Gespräch gezogen.

Nach dem Essen spielte die Blaskapelle mehrere Stücke. Die Kinder tobten herum. Draußen begann sich das Spanferkel zu drehen, während drinnen Kuchen serviert wurde. Am Tresen wurde es eng, weil mehr und mehr Männer zusammenkamen, die Bier statt Kaffee wollten. Marthas alte Frauenbrigade war zu zwei Dritteln versammelt, und sie feierten ihr Wiedersehen mit Eierlikör, aus dem später Schnäpschen wurden. Das alte Gästebuch aus den Jahren nach der Wende ging herum, man las sich laut vor. Martha hatte aber auch ein Album mit Bildern vom gerade abgeschlossenen Umbau zusammengestellt. «Das Bauamt ist zufrieden», stand unter einem kleinen Gruppenfoto, gleich daneben ein Mann in der Küche: «Unser alter Freund Rütters wünscht viel Glück.» Das war der Mann vom Hygieneamt. Dann: Jens auf der Leiter, Jens lernt ein Bierfass anzuschließen, Jens lernt einen Lüftungsfilter auszuwechseln. Das hatte sie bewusst nicht unter die Fotos geschrieben, weil es viel schöner war, belustigt davon zu erzählen, wie der Sohn sich «beim ersten Mal» angestellt hatte.

Auch als es längst dunkel war und Jens nur noch drei würfelnde Tresengäste mit Pils versorgte, hielt Martha die Stimmung unter den Frauen weiter hoch. Sie war einigermaßen betrunken. Von wegen Neuanfang, dachte Jens schmunzelnd, ausgerechnet die alte Frauenbrigade aus Ostzeiten feiert am längsten.

Martha war ihm mittlerweile bestimmt viermal um den Hals gefallen, als wäre es ein Riesenerfolg, alte Freunde wiederzusehen. Mindestens ebenso oft hatte sie sich bei Anne für die Rede bedankt.

Jens räumte alles, was im Garten stand, in den Schuppen. Tische, Stühle, Fußballtor. Der Grill war noch zu heiß. Die Sandkiste stand ganz nah an der Hauswand, das war sicher noch eigenes Grundstück. Als er zurückkam, brachen gerade die letzten Damen auf, in Pelz und Loden. Er gab Martha einen Gutenachtkuss, Ludwig und Anne waren schon lange schlafen gegangen, schloss die Kneipe ab und schleppte sich die Treppe hinauf.

Während sie unten alles renoviert und in Schuss gebracht hatten, war das Obergeschoss schwer vernachlässigt worden. An den Wänden türmten sich die Getränkekisten, braun, gelb, grün, rot. Ein Putzeimer stand im Weg, obwohl er gar keine Verwendung fand. Dabei schien sich aller Dreck des Umbaus hier oben abgelagert zu haben. Die Dielenfugen gehörten ausgesaugt, die Dielen selbst geschrubbt, das sah man sogar bei elektrischem Licht. Auf dem Dreschflegel, der an der Wand hing wie ein dämliches Souvenir, lag ein halber Zentimeter Staub. Drei Pappkartons mit Badezimmerkacheln stapelten sich, der oberste war aufgerissen, Jens musterte sie: weiße Sprenkel auf schwarzem Grund. Sicher Reste aus Ludwigs altem Betrieb in Boizenburg. Weil dem Vater der Mut fehlte, etwas im Gasthof zu verändern, renovierte er seit Jahren nur im Wohnbereich. Hier im Obergeschoss fand sich schon lange keine sozialistische Tapete mehr, nur die Vertäfelung, die den Korridor bis auf Brusthöhe umspannte, hatte Ludwig nicht herausgerissen.

Jens' altes Kinderzimmer, in das er jetzt eintrat, war zum Wohn- und Arbeitszimmer geworden, er hatte darauf bestanden, auch wenn es viel kleiner war als der angrenzende Raum, in dem sie ihr Bett aufgestellt hatten. Er wollte hier nachts noch arbeiten oder zur Ruhe finden können. Nun war er schon am allerersten Tag, an diesem Eröffnungstag, trotz aller Anstrengung nicht müde genug, um einfach eine Tür weiterzugehen und sich hinzulegen.

Jens setzte sich an den Schreibtisch und knipste die Lampe an. Dieses Rumgeflicke seines Vaters regte ihn wirklich auf: zwei verschiedene Tapetenmuster, dazu diese verheerende pastellgelbe Deckenfarbe. Und das schwedische Regalsystem, das Ludwig in der Ecke verschraubt hatte.

Er erhob sich, kippte das Dachfenster, blies den Rauch seiner Zigarette nach draußen. Gestern erst hatte Jens unter dem Fenster gesehen, dass das Gras dort, wo das Haus der Familie Wulf gestanden hatte, etwas heller war.

Man erkannte den Abdruck des verschwundenen Fundaments.

Niemand sprach darüber, dass die Wiese eigentlich den Wulfs gehörte. Nach der Wende hätten sie das Grundstück zurückfordern können, aber kein einziger Wulf war jemals wieder in Stolpau aufgetaucht. Sie waren zwangsausgesiedelt worden, lange vor Jens' Geburt. Auch die drei Apfelbäume da drüben, die Finkenwerder Herbstprinzen, gehörten ursprünglich den Wulfs. In seiner Kindheit war Jens nie aufgefallen, welch großzügigen Abstand sie zu Brüggemanns Hausfront hielten. Jetzt im Mond- und Schreibtischlampenlicht kamen ihm diese Bäume entrückt vor, so als wollten sie auf ihre Alteigentümer hinweisen und stünden dort drüben nur unter Protest.

Es sprach auch niemand darüber, warum die Wulfs Mitte der Sechziger ins Binnenland ziehen mussten und ihr Haus abgerissen worden war. Westverwandtschaft, ging das Gerücht, erhöhte Fluchtgefahr. Und Jos Vater führte sich immer noch auf, als sei er der Nabel der Welt!

Jens zog an der Zigarette, es war schon die zweite. Er spürte, wie ihn ein sentimentales Bild erfasste. Es war das Bild von alten Männern, die beim Punsch um den Kamin zusammenkamen. Sie waren einmal Jugendfreunde gewesen und sich dann jahrzehntelang aus dem Weg gegangen. Jetzt erhoben sie ihr Glas. Womöglich alle pensioniert, rauchten sie einander aus Sesseln zu. Fauteuils, dachte Jens, eingelullt von der Szenerie, die er wohl aus irgendeiner Novelle kannte. Aus Männern waren distinguierte Gentlemen geworden, und weil sie im Alltag mittlerweile Dinge taten, von denen es nichts zu erzählen gab, fanden sie ihr Glück im gemeinsamen Schweigen.

Bis dahin muss man erst mal kommen, dachte er. Das Schweigen zwischen sich als friedliche Übereinkunft, als ein unzerreißbares Band, und alle Worte und Bilder der Jugend für immer ausgelöscht. Ein schöner Wunschtraum. Alles war geschehen, alles war gesagt, und nichts schien übrig zu bleiben, als ein Glas vors Kaminfeuer zu halten und das Flackern zu betrachten.

Als Anne ihn fragte, ob er mit spazieren gehe, sagte er nicht einfach nein, sondern dass er ihr nicht den Spaß nehmen wolle, jetzt, wo sie wirklich angekommen seien, das Land für sich neu zu entdecken. Er könne doch da draußen noch mit verbundenen Augen jeden Grashalm erkennen. Sie lachte laut, damit er hörte, wie pathetisch er klang, und ging hinaus.

Gegenüber der Kirche stand ein altes Backhaus, in dem zu Ostzeiten die Dorfbibliothek untergebracht war. Jetzt vergammelten da nur noch ein paar Ausstellungstafeln, ebenso dem Vergessen übergeben wie das Projekt, das sie Ende der Neunziger beworben hatten: der Nationalpark Elbtalaue. Gerade mal ein Jahr lang hatte es ihn gegeben.

Anne sah aus hundert Metern Entfernung drei Jugendliche vor dem Haus. Zwei von ihnen rangelten, schlugen sogar aufeinander ein, während der dritte um sie herumtanzte, die Kamera seines Telefons draufhielt und filmte. So weit also der Nachwuchs. Anne fragte, was sie da machten. Die Jungs stellten sich nebeneinander auf, musterten den weiblichen Störenfried, alle mit roten Ohren wie im tiefsten Winter. Einer spuckte dunkel, blutig zur Seite aus. Keiner von ihnen sah zu Boden, keiner sagte etwas, Anne auch nicht mehr, nur zu sich selbst: Wenn ich außer Sichtweite bin, geht's wieder los. Und am Abend stellen sie ihre Prügelei ins Netz.

Sie ging an der Kirche vorbei, auf dem Friedhof lagen Marthas Eltern begraben. Sie kannte das Grab, und solange sie es kannte, stand darauf in einem Holzrahmen ein Foto von der Wiedereröffnung des Deichkrugs, 1991.

Anne dachte an die Gespräche, die sie im Frühsommer mit Jens in Göttingen geführt hatte, bevor sie gemeinsam die Entscheidung trafen, nach Stolpau zu ziehen. Sie hatte ihn angespornt, ja, gereizt, indem sie immer wieder betonte, wie dringend seine Eltern Hilfe brauchten. Und sie hatte darauf bestanden, dass es auch *ihr* Traum sei, dieses Lebensprojekt Marthas weiterzuführen. Aber war sie nicht schon zu oft überzeugt gewesen, das gefunden zu haben, was sie wirklich interessierte? Während des Studiums hatte sie bald gemerkt, dass es in Kulturwissenschaft gar nicht um die Gegenstände ging, sondern um die Theorie, die man den Gegenständen überstülpte. Mit der Doktorarbeit hatte sie nur angefangen, weil ihr Professor sie als Assistentin wollte. Kaum wurden die ersten Stellen im Fachbereich abgewickelt, sah sie für sich in der Uni keine Zukunft mehr. Vor vier Jahren war das. Damals jobbte sie gelegentlich als Museumsführerin, und auf einer Vernissage in Bremen lernte sie Jens kennen. Er hatte gerade bei der Zeitung angefangen, und sie bekam die ersehnte Stelle in einem Göttinger Museum. Programmhefte zusammenstellen, Transporte von Ausstellungsstücken organisieren, Abrechnungen schreiben – warum war sie eigentlich so blauäugig gewesen, in diesen Routinetätigkeiten eine Herausforderung zu sehen?

Die Vorstellung, aufs Land zu ziehen, war ihr wie eine Befreiung vorgekommen. Hatte sie Jens zu sehr gedrängt? Schaffte er es überhaupt, ein Gasthaus zu führen? Beim Umbau hatte er oft einen so eindringlichen, energischen Blick draufgehabt, als wollte er sich, ihr und der ganzen Welt etwas beweisen. Vielleicht hatte er sich mit dem enormen Arbeitstempo übernommen. Jedenfalls fand sie, dass er seit der Eröffnung kraftlos wirkte. Ausgerechnet jetzt, wo es drauf ankam.

Anne ging ins Binnenland gen Osten, kreuzte die Straße, auf der jedes Auto ins Dorf kommen musste. Aus dem Straßengraben drang der Geruch von feuchtem Rost. Es regnete gar nicht, aber jetzt, nach wenigen hundert Metern, konnte sie die Feuchtigkeit schon händeweise von ihrer Wolljacke streichen. Ganz schön viel Geld muss in die Gegend geflossen sein, dachte sie, zwischen den Feldern schienen die Wirtschaftswege allesamt frisch asphaltiert.

Grau in grau, der Himmel kam ihr vor wie ein Turm ohne Fenster. Weit entfernt sah sie jemanden. Sobald er Anne wahrnahm, drehte er sich seitwärts, einem Gebüsch zu, und hob etwas vor die Augen, offenbar ein Fernglas. Sicher rechnete er damit, dass Anne weitergehen würde, aber als sie ihn erreicht hatte, blieb sie stehen, in seinem Rücken, ganz still. Vielleicht beobachtete er Käfer, dachte sie, jedenfalls starrte er in ein Gesträuch, in dem sie nichts erkennen konnte.

«Tach», sagte Anne, um die Begegnung nicht noch peinlicher werden zu lassen.

«Tach.» Er nahm das Fernglas nicht runter.

«Schön hier draußen, nich?»

Jetzt erst drehte er sich um. Zuerst fielen Anne seine Haare auf, dunkel und dick waren sie zum Seitenscheitel gelegt. Der Mann trug einen olivgrünen Parka, er war klein und dünn, ein Männchen eher, ungefähr so groß wie Anne selbst, die bloß eins fünfundsechzig maß. Die Schultern wirkten zu schmal für seinen Kopf. Was da alles an Männerkörper fehlte, machte es schwer, sein Alter einzuschätzen – er konnte ebenso gut fünfundzwanzig sein wie fünfundvierzig.

«Wonach halten Sie denn Ausschau?», fragte Anne.

«Spuren.»

«Oh, ein Kommissar.»

Der Mann schaute sie mit großen Augen an – wie ein Stummfilmstar, dachte sie, so übertrieben erschrocken.

«Nein.»

«Wohnen Sie auch im Dorf? Wir sind nämlich neu.»

«Ja. Sie sind neu. Im Deichkrug.»

«Ach, Sie waren aber nicht bei der Eröffnung, oder?»

«Nein.»

Harsch, wortkarg, schwierig – genau so hatte sie sich *die Menschen hier draußen* vorgestellt, ja gewünscht, als sie Jens zum ersten Mal nach Stolpau begleitet hatte. Der hier war das Dörfliche in Person. Jetzt tat er ganz langsam ein paar Schritte in die Richtung, aus der Anne gekommen war, als wollte er sie unmerklich umgehen, sie in der Landschaft stehenlassen. Ganz und gar logisch kam ihr auch das vor. Sie musste daran denken, wie unnahbar Jens vor vielen Jahren gewirkt hatte, als sie sich kennenlernten.

«Besuchen Sie uns doch mal.» Sie schloss zu ihm auf.

«Ich habe abends oft Schicht, und nachts arbeite ich auch.»

«Ach so, na dann.»

Anne spürte plötzlich eine ungeheure Lust, ihn von ihrer Freundlichkeit zu überzeugen. Oder ihn damit zu quälen. Für einen Moment schauten sie beide hinunter auf ihre Füße, die fremd nebeneinander hergingen. Anne formte Fragen vor, doch alles, was unverfänglich war, klang auch bescheuert.

«Wohnen Sie denn in Stolpau?»

«Nein, in Hamburg.»

«Ach, und was machen Sie hier?»

«Ich arbeite für meinen Vater.»

«Und der wohnt in Stolpau.»

«Ja», sagte er und streckte ihr die Hand hin. «Sie sind Frau Lewin, ich meine – Sie sind doch verheiratet?»

«Seit zwei Jahren.»

«Ich heiße Jo Brüggemann.»

Ach herrje, das hätte sie sich denken können, das war also der Sohn der Kratzbürste von nebenan. «Angenehm», sagte Anne, als wäre sie nicht gut, sondern angenehm erzogen worden. Ein albernes Wort. Ihr Händedruck war fast ein wenig verkrampft, sehr viel fester als gewöhnlich.

«Sie haben jetzt den Deichkrug übernommen.»

«Genau.»

Sie gingen durch den Nieselregen. Anne sah Pfützen und Teiche auf den Feldern. Er deutete auf ein paar Gänse, die über ihnen flogen. «Ist noch zu mild. Erst wenn's kälter ist, ziehen die in den Süden.»

An der nächsten Abzweigung blieb Anne stehen.

«Wenn ich Sie weiter begleiten soll», brachte sie plötzlich eine Idee so trotzig wie charmant vor, «müssen Sie etwas aus dem Dorf erzählen.»

Jo Brüggemann sah Anne Lewin an, als hätte er lange keine Frau mehr reden gehört. Dann blickte er geradeaus, und durch die Zähne machte er ein verächtliches *Pffff* – wie eine Luftmatratze, dachte sie, deren Ventil man öffnet.

«*Sie* haben doch die Kneipe. In drei Wochen wissen Sie sowieso alles über den Ort, da ...»

«Wenn Sie nicht kommen, fehlt schon mal eine Stimme.»

«Da is was dran.»

Verdammt, Anne, nicht schlecht. Sie hatte ihm geschmeichelt, sie hatte etwas gesagt, das dem Kratzbürstensohn gefiel.

«Ich wollte Ihnen demnächst einen Vorschlag machen», sagte Jo Brüggemann und hob ohne weiteres Zögern an, seine Lebenssituation zu erklären. Hamburg, der Polizeifunk, seit zwölf Jahren die Autofahrten nach Stolpau, der kranke Großvater. Er hielt sich in allem knapp, nirgendwo war auch nur der Hauch einer Haltung zu dem, was er erzählte, herauszuhören.

Nach einer Pause begann Jo den zweiten Teil, gänzlich vom ersten abgekoppelt, so schien es Anne. Er wolle mehr Zeit in der Stadt verbringen, er müsse sein eigenes Leben angehen. Den Job wechseln. Anne war beeindruckt davon, dass der Mann zu sich selbst anscheinend genauso hart war, wie er auf sie gewirkt hatte. Auch nicht das leiseste Jammern lag in Brüggemanns Stimme, als er sagte, er könne sich diese Fahrten hier raus «innerlich nicht mehr leisten». Und nun kam er doch noch zu seinem Vorschlag:

«A) Ich will eine Pflegehilfe besorgen. B) Ich habe nicht genug Geld dafür. C) Mein Großvater braucht jeden Tag Betreuung, also, wer immer das macht, muss hier bei uns wohnen, verstehen Sie?»

«Ähm, nur halb.» Anne dachte, zwischen drei Angeboten wählen zu müssen, aber als sie Brüggemann jetzt bat, alles noch einmal zu wiederholen, fügte er einfach an:

«D) könnte ich auch eine Pflegehilfe besorgen, die außerdem noch kellnern kann.»

Pause. Anne, die Brocken zusammenfügend:

«Ach so!»

«Also, was halten Sie davon?»

«Tja, ob wir schon jemanden für die Kneipe brauchen? Meine Schwiegermutter hilft ja auch noch. Aber es klingt sehr logisch, und sehr nachbarschaftlich.»

«Besprechen Sie es mit Ihrem Mann.»

«Genau. Sowieso.»

Brüggemann blieb stehen und hob sein Fernglas gegen das Himmelsgrau. Ein Greifvogel kreiste.

«Also gut, hmm, ich erzähl Ihnen was», brummelte er, nachdem er den Vogelflug wohl bald eine Minute verfolgt hatte, «wovon die meisten alten Herren nichts wissen wollen. Woran sie nicht interessiert sind, meine ich.» Weil er weiterhin das Fernglas hochhielt, konnte man meinen, Brüggemann spreche nicht zu Anne, sondern zu dem Vogel.

«Stolpau hat einen berühmten Sohn hervorgebracht.»

«Oh, das sollte ich dann wirklich wissen.»

«Petr Jablonski, ein Fotograf. Man könnte ihn auch den einzigen Wendesieger nennen. Hat vor der Wende Fotos gemacht, die sind heute ein kleines Vermögen wert.»

Anne kannte den Namen, und sie kannte auch die Fotos. Jens hielt große Stücke auf diesen Jablonski. *Integerer Mensch. Einer, der was taugte. Nicht nur künstlerisch, auch menschlich.* Aber sie wollte nicht unterbrechen, jetzt, wo sie den Fremden endlich so weit hatte, sich mit ihr zu unterhalten. «Er wohnt in London. Taucht hier nur ganz selten auf», ergänzte der so bemüht beiläufig, dass es klang, als käme der Künstler bloß nach Stolpau, um seinen alten Freund Jo Brüggemann zu treffen. Er begann nun ohne Ordnung zu erzählen, Anne sah ihn richtig vor sich, wie er in seiner Lederjacke zum nördlichen Ende des Dorfes gelaufen war, an der Kirche vorbei, der Kiosk am Konsum, die Poststelle, der Erntekindergarten fielen hinter ihn zurück. Rechts ließ er die LPG-Ställe liegen, links das Fenster der Schwestern Hoff, die die Ortsgruppe des Frauenbundes leiteten. Jo Brüggemann schilderte den Weg, als habe er ihn einst als Schlafwandler zurückgelegt.

«Sie müssen nämlich wissen: Petr Jablonski hatte man hier Mitte der Achtziger schon lange für verrückt erklärt.»

Seltsam, dachte Anne – wenn Jens erzählte, klang es immer so, als hätte sich außer ihm niemand mit Jablonski abgegeben.

Sie gingen durch feuchte Herbstluft, aber der kleine

dünne Kerl im Parka sprach jetzt vom Eisgang, von Ordnungskräften, die darauf spekulierten, dass Petr Jablonski in seinem unbeheizbaren Holzschuppen zugrunde ging, einfach abnibbelte, Innenwände habe er zwar gezogen, aber keinen Ofen aufstellen können. Trotzdem: Winter für Winter habe Jablonski darin überstanden, unter einem Berg aus Woll- und Federdecken, immer wieder habe er den Kopf hervorgestreckt aus seinem Matratzennest. Über ein Jahrzehnt lang sei ihm nahegelegt worden, er möge von sich aus verschwinden oder selbst Hand anlegen, also in den Zaun laufen. «Petr Jablonski aber wollte leben. Nicht im Westen, nicht in der Großstadt, sondern hier. Er hat ihnen den Gefallen nicht getan.»

«Er war sicher viel älter als Sie, nicht wahr?»

«Er ist heute bald sechzig.»

Petr sei schon damals kahlköpfig gewesen, er habe eine Nickelbrille und einen Vollbart getragen, in dem sich graue und weiße Strähnen abwechselten. «Er hatte ein paar Hühner, von deren Eiern er sich ernährte, Milch kriegte er von der Nachbarin, Frau Kehl, die lebt nicht mehr, bei der hat er sich auch Strom abgeklemmt. Die Drähte liefen über die Wiese, Jablonski brauchte nur wenig Strom, und die Kehl hat nicht darüber geredet, loyal, sie hatte was für ihn übrig. Die freute sich, wenn er die meiste Milch seinen Katzen hinstellte, von denen sind im Winter immer welche erfroren.»

Es war nicht einfach für Anne, aufmerksam zu bleiben. Dass ein Mensch, den sie eben noch für völlig verstockt gehalten hatte, so aufdrehen konnte … Warum rief er all diese Details seiner Erinnerungen auf, als hinge davon die Welt ab?

«Die Hose, die speckige schwarze Lederhose hat ihm eine alte Dame aus Neuhaus genäht, er trug immer dieselben Klamotten. Über deren Mann gelangte er auch an sein Papier.»

«Fotopapier», warf Anne schnell ein, denn die Fotos schienen ihr der einzige Rettungsanker zu sein, wenn sie nicht von dieser Welle fremden Lebens überspült werden wollte.

«Immerhin hatte sein brüchiger Schuppen einen Wasseranschluss, den hat er ja dringend gebraucht, fürs Entwickeln. Wissen Sie», jetzt atmete Jo Brüggemann tief und gewichtig ein, «die Antwort auf die Frage, ob Jablonski verrückt war, hatte viel mit der Antwort auf die Frage zu tun, ob man ihn einen Fotografen nannte.»

Anne gab dem Satz den Raum, den er verlangte.

«Wieso denn nicht?»

«Na, Petr Jablonski schliff die Linsen selbst, er hat sich Kameras zusammengeklebt. Das war alles Müll, ausrangierter Kram, Klorollen und Brillengläser. Er hatte da immer fünf oder sechs selbstgemachte Apparate rumliegen. Mal verschwand einer, mal kam ein neuer hinzu.»

Brüggemann blieb stehen und hob wieder einmal sein Fernglas, dabei zog bloß ein weiterer Gänsekeil vorbei.

«Die sind doch hier zu Hunderten in den Auen.»

«Tausende, Zehntausende», korrigierte Brüggemann erst sie und dann sich selbst.

«Ach, ich glaube, ich hab *doch* mal was von ihm gesehen. Hat er nicht vor allem Tiere fotografiert?», fragte Anne.

«Er hat *aus-schließ-lich* Tiere fotografiert.»

«Ich erinnere mich grad an Bilder von Schweinen.»

«Meistens die eigenen Hühner und Katzen, oft auch Kühe, viel seltener Schweine oder Pferde. Überall unscharfe Tiere. Selbst die Schmeißfliegenschwärme, die sommers im Schuppen und um Jablonski herumschwirrten, hat er verewigt. Wenn ich sie nicht in natura erlebt hätte ... die warn ja auf den Fotos gar nicht zu erkennen.»

«Wenn er die Kameras selbst geklebt hat –»

«Die Kameras gaben gar nicht mehr Schärfe her! Das hab ich ihm damals auch gesagt. Ist das nicht fabelhaft?»

«Konnte er denn ...?»

«Die Unschärfe hat ihn erst berühmt gemacht.»

«Da haben Sie wahrscheinlich recht», sagte Anne, obwohl sie Brüggemanns These eigentlich falsch fand, denn sie verengte den Blick auf Jablonskis technische Möglichkeiten. Natürlich müsste man über die Fotos selbst reden, über Bildaufteilung und wie Jablonski mit Kontrasten arbeitete, aber Brüggemann hörte ihr ja gar nicht zu.

«Ich besitze einige von seinen Fotos, aber ich werd sie auf keinen Fall jetzt schon verkaufen», sagte er.

Der Regenstaub war mittlerweile zu Dauersprühregen geworden. Wie schutzlos man hier draußen war, dachte Anne, ohne ein Glasfenster in der Nähe merkte man nicht einmal, ob der Regen zu- oder abnahm.

«Wir müssen mal zurück», forderte sie.

Die beiden waren weit ins Binnenland gestromert, weg vom Fluss, weg vom Dorf. In einiger Entfernung stand ein einzelner Hof, an dem eine Allee aus Kastanien vorbeiführte. Über Gebäude und Bäume hatte der Regen einen Grauschleier gelegt.

Die Hoffnung, dass die Kehrtwende Richtung Dorf symbolischen Charakter haben könnte, zerstob recht bald – Brüggemann wechselte das Thema nicht. Er hatte noch lange nicht alles erzählt, was er über Jablonski wusste. Vor ein paar Jahren, hob er neu an, sei der Fotograf für seine Verdienste geehrt worden. Aber nicht für seine Kunst. In den siebziger Jahren habe er, noch mit einer ganz normalen Kamera, den Altar, die Kanzel und Innenräume der 1982 ausgebrannten Stolpauer Kirche fotografiert, und weil er damit der Einzige gewesen sei, gingen alle Restaurationen nach der Wende auf Jablonski zurück.

Anne demonstrierte Langeweile, indem sie die Nässe von den Blättern der Äste strich, die auf den Weg ragten. Es nützte nichts. Im Pfarrhaus habe er ja in besonders kalten Nächten oft Zuflucht gefunden. Und nun wollte der neue Pastor ihn mit einer Plakette ehren. Aber Jablonski sei nicht erschienen, er habe nur einen Brief verlesen lassen, in dem er das Zeitalter der Plaketten für abgeschlossen erklärte. Außerdem, schrieb er, habe er zu viel Mist erlebt, um diese Ehrung jetzt anzunehmen.

«Ist ja auch kein Wunder, wollte ja niemand was mit ihm zu tun haben, damals. Ich will mich nicht hervorheben, aber wir haben einen Anfang gemacht, wir kamen in unseren Lederjacken in *seinen* Schuppen, haben uns einfach zu ihm gesetzt, das machte sonst keiner. Wasser in Blechtassen. Den Tauchsieder rein. Teebeutel. Und er kraulte sich den Bart, in dem immer die Tabakreste hingen.»

Aha, dachte Anne, jetzt rutschte Jo Brüggemann doch noch in den Plural. War Jens etwa mit ihm zusammen hingegangen? Aber Jo war schon wieder einen Gedanken weiter, wollte loswerden, dass die Familie Jablonski aus Niederschlesien stammte, den polnischen Namen hätten sie nur angenommen. Seine schwangere Mutter sei vor den Russen geflüchtet, hier in Stolpau sei Petr geboren worden, über die Elbe hätten sie es dann nicht mehr geschafft.

Anne hatte das Gefühl, immer weiter vom Weg abzukommen, vielleicht liefen sie auch im Kreis. Sie starrte auf ihre Füße, als seien die an irgendetwas schuld. Aber sie machte auch schnellere Schritte, das musste ihm auffallen, sie wollte nach Hause. Was Jo Brüggemann jetzt noch sagte, sammelte sich nur an den Wänden ihrer Gehörgänge wie der Schlick am Wegrand. Sie griff einen Apfel aus ihrer Jackentasche, drehte die Hälften mit beiden Händen gegeneinander, konnte die Frucht aber nicht teilen. Ihr Begleiter winkte sich den Apfel her und vollführte die gleiche Bewegung mit einer Kraft, vor der Anne zurückschrak.

«Sie sind ja ein Profi. Ein professioneller Apfeldreher.»

Zum allerersten Mal sah sie seine Zähne, gute Zähne. Wahrscheinlich lächelte er nur, weil Annes Versuch, etwas Unverbindliches zu sagen, so plump geraten war.

Jo schmiss den Apfelgriebsch weit aufs Feld, aber nicht über Kopf, sondern in Hüfthöhe, wie es Männer tun, die zu oft allein sind. Wann hatte ihm wohl zuletzt jemand so lang am Stück zugehört? Sicher warf er abends auch Steine an der Elbe.

Wenig später machten sie einen großen Schritt über den Graben und standen auf der Kreuzung. *Stolpau 1 km*, knallgelb. Dabei waren es bestimmt bloß sechshundert Meter bis zur Kirche. Anne bedankte sich für die angeregte Unterhaltung. Der Mann entschuldigte sich nicht für sein ausführliches Reden, sie fand, das hätte sich gehört. Westler taten das, dachte sie, aber warum eigentlich? Auch nur damit man ihnen widersprach, ihnen schmeichelte.

Während sich Anne der Stichstraße zudrehte, um nach Stolpau hineinzugehen, verabschiedete sich Brüggemann, indem er mit der linken Hand das Fernglas von der Brust hob. Als müsste er ihr zeigen, dass er jetzt endlich arbeiten gehe. Anne lächelte bemüht.

«Sie geben mir Bescheid wegen der Hilfskraft.»

«Ach ja. Mach ich, Herr Brüggemann.»

«Wäre gut, wenn wir da zusammenkommen.»

«Schon verstanden.»

Dann entfernte er sich im diesigen Licht auf der Landstraße. Auch wenn ihr der Abschied einigermaßen gelang, war Anne doch wütend auf sich, auf ihre schwache Gesprächsführung. Sie wuschelte sich mit den Händen durchs nasse Haar, knetete ihre Kopfhaut. Irgendwo hätte sie Brüggemann doch von seinen Erinnerungspfaden abbringen müssen. Das konnte sie besser.

Der Himmelsblock, unter dem sie auf den Deichkrug zuschritt, erinnerte Anne an eine Installation aus Milchglaskästen, die vor Jahren in der Bremer Kunsthalle ausgestellt war. Sehr matt sickerte Sonnenlicht von Westen ins Grau.

Vom Bett zum Klo zum Bett, wie ein Geist war Anne vorbeigehuscht, sie verlor nie Zeit, wenn sie einen Raum durchquerte. Anne konnte gut schlafen. Jetzt blieb sie in der Tür stehen, rieb sich kurz die Augen.

«Kommstu auch?»

Jens nickte und blieb sitzen. Durch die geöffnete Schlafzimmertür sah er den Wecker. 01:32.

Granitz, Brüggemann, Wiechert, Wiesenburg. Zunächst hatte er gedacht, dass nach Mitternacht eben diejenigen am Tresen säßen, die wirklich aus Sorge tranken. Aber Martha zuckte mit den Schultern, schüttelte ratlos den Kopf. «Die sind sonst nie so lange da gewesen», sagte sie.

Fast jeden Abend machte das Quartett zur späten Nacht. Nie kam einer allein, nie erschienen sie zu zweit oder zu dritt, eher gesellte sich noch der letzte Konsum-Verkaufsleiter Messerschmidt hinzu und Harry Voss, der nach der Wende mit Grenzhunden sein Geld gemacht hatte.

Das Bier floss. Sie stellten Jens Lewin keine Fragen, redeten nur untereinander. Streute er irgendeine Anekdote oder Erfahrung ein – vom Journalismus, aus dem Westen, aus Göttingen –, wurde es ganz still, und je öfter dies geschah, desto mehr schien sich die Stille gegen ihn zu richten. Als wäre alles, was er sagte, anmaßend oder sogar derart empörend, dass es ihnen die Sprache verschlug.

Einen noch schärferen Adlerblick als Hans Brüggemann besaß Arno Wiechert, den mochte er am wenigsten. Für den war die Welt 89 eingestürzt, und es hatte sich nie eine neue aus den Scherben zusammengefügt. Wiechert hatte in der DDR für die Behörde «Staatliches Eigentum» Gebäudegrundbücher ausgestellt und bis heute nicht eingesehen, dass mit dem Verschwinden dieser blauen Urkunden auch seine Arbeitskraft überflüssig geworden war. Seit seiner Pensionierung räucherte er nur noch Schinken hinterm Haus.

Kaum ein Wort fiel über Afghanistan oder die Amerikaner im Irak. Fing einer mit Weltpolitik an, hoben mindestens zwei andere die Hand und kippten sie am Gelenk nach vorne ab. Wiederholen konnten sich so nur jene Themen, die ihren Alltag seit Jahren betrafen. Die unendliche Acht, dachte Jens, einer unendlichen Nacht. Die fehlende Brücke nach Niedersachsen, zu dem man doch nun lange genug gehörte, die zunehmende Gänseplage auf den Feldern, ungenügende Ausgleichszahlungen vom Land für das zertretene Korn. Anstatt dass sich hier mal einer über Hans Brüggemann und seine Nachstellerei mit dem Fernglas mokierte, klagte Brüggemann selbst über die Aufräumdienste im verwilderten Deichvorland, zu denen er «per Anschlag» – er meinte den Aushang am Schwarzen Brett neben der Kirche – gezwungen worden sei und die er schon deshalb ablehne, weil es «so was hier noch nie gegeben hat». Wiechert nahm die Vorlage dankend an: «Solange in

Brandenburg sogar das Gestrüpp stehen darf, mach ich hier kein Stück.»

Auffällig war ja, dass sie alle keine Frauen hatten. Granitz war immer allein gewesen, Wiesenburg Witwer, die anderen beiden musste man wohl als Sitzengelassene bezeichnen. Edda Brüggemann war Mitte der neunziger Jahre auf Kreuzfahrt oder Weltreise gegangen, wie es hieß, und nie zurückgekehrt.

Kommstu auch, hallte Annes Stimme in ihm nach. Er wollte nicht bemitleidet werden, schließlich stand sie selbst jeden Tag lange genug hinterm Tresen. Irgendwas musste er tun. Wie kam er an die Wochenendhäusler aus Hamburg ran? *Die* mussten das Gasthaus rühmen, *die* waren doch die Multiplikatoren. Natürlich holen sich die alteingesessenen Stolpauer ihre billigen Glasmantelgeschosse im Supermarkt, die saufen schön zu Hause, wie unter Erich auch, und geben keine zwei Euro für ein Glas Bier aus, das ihnen noch nicht mal in' Kopp geht. Also sei froh, dass Wiechert und Brüggemann überhaupt kommen! Aber, dachte er, wenn erst mal samstags die Westler mit der Fähre über die Elbe strömen. Wenn die Reservierungen eingehen, wenn das Telefon nicht mehr stillsteht. Er hörte das Telefon schon, es läutete in einem fort, schrill wie die Außenklingel am Haus von Brüggemanns.

Jens kroch zu seiner Frau unter die Decke. Anne war schon wieder eingeschlafen. Kein Mensch, dachte er, kann seinen Alltag nach Jahren einfach so abstreifen, jeder trägt dieses Gerade-noch mit sich herum, jede Wunschvorstellung entspringt der Vergangenheit. Dabei waren die Redaktionsarbeit und die Kneipe zwei verschiedene Welten, und es hatte keinen Zweck, nach irgendeiner Folie zu suchen, um sie über die neue Aufgabe zu legen. Jens wollte die Leute *halten*, also musste er sie *bei Laune halten*, also durfte er den Laden erst abschließen, wenn er selbst todmüde war.

Aber er war ja immer viel zu wach.

01:44 stand auf dem Wecker.

In Göttingen wäre er jetzt noch einmal um den Block gegangen. Aber hier, ohne Laternen und Leuchtreklamen?

Es gibt keinen schönen Ort, dachte er, schon gar keinen idealen. Ein paar Minuten döste er, wenn das der richtige Begriff für das Flimmern hinter den Augendeckeln war.

Ja, Begriff, da war er ja schon wieder mittendrin. Überall war Sprache, dachte er und wusste, dass ihm genau dieses *Überall* einmal geholfen hatte, damals, nach der Wende und weit vor Anne, als er dasaß und nichts mehr hören, lesen und sagen wollte. Die Sprache war zum Stier geworden, den er dank seines Therapeuten bei den Hörnern gepackt hatte.

Satz für Satz, Wort für Wort war es ihm gelungen, den Ekel zu überwinden. Es hatte ihm gutgetan, für die Zeitung fremde Menschen zu treffen, die interviewt und porträtiert werden wollten. Viele von ihnen hatten die Fähigkeit gehabt, den Ton anzugeben und trotzdem gute Zuhörer zu sein. Das imponierte Jens und hatte bewirkt, dass die Erinnerungen nur noch durchbrachen, wenn er ein Gesicht oder einen Dialekt zu erkennen glaubte. Über sechs Monate war der Spaziergang mit seiner Frau her, als ihnen ein Radfahrer entgegenkam, Jens heftig ihren Arm gepackt hatte, nur weil Brille und Schnurrbart des

Fremden ein Bild wachriefen. Von Anne zur Rede gestellt, hatte er gelogen, dass ihn jenes Gesicht an das eines alten Schulfreundes erinnert habe, ein Freund, der vor Urzeiten Selbstmord beging.

Solche Zwischenfälle kamen so selten vor, dass Anne keinen Verdacht schöpfen konnte. Wie fest sie schlief. Er musste das vor sich so deutlich formulieren: Dass aus ihm ein Journalist geworden war, war ganz einfach ein Wunder. Wenn auch eines, über das er nicht reden wollte. Vielleicht hatte selbst Martha es vergessen, vielleicht hatte sie es nie als ein Wunder wahrgenommen. Er wollte es gar nicht wissen.

Diese alten Männer am Tresen ließen ihn auch nicht los. Wie sie alle an ihm vorbeiredeten, als hätte Hans Brüggemann sie dazu angestachelt. Als sei es immer noch nicht genug mit der Strafe. Er konnte sie ja schlecht rausschmeißen, das ging schon wegen seiner Eltern nicht. Aber dass dann auch noch Jo Brüggemann daherkam, mit seiner Frau spazieren ging und ihr was über Petr Jablonski vorschwafelte …

Er bekam diesen sanften Übergang nicht hin, dieses Hineingleiten in den Schlaf. Das war ja nicht das erste Mal, das kannte er auch aus Göttingen. Je länger sich Körper und Geist nicht *für* den Schlaf entscheiden konnten, desto stärker wurde das Gefühl einer Entmündigung.

Erst vor kurzem, als Anne vom *Lebensprojekt* gesprochen und das wie ein Fremdwort geklungen hatte, war ihm dieses Gefühl wieder bewusst geworden. Er hatte sich hier einmal *in etwas anderem* gewähnt, eher das Gegenstück zu einem Lebensprojekt, eher ein chemischer

Prozess, ein Experiment. Irgendeine Instanz musste es doch gegeben haben, die Versuchsanordnungen und Kunstgriffe liebte, die Menschen wie verschiedene Substanzen zwischen Zaun und Schlagbaum zusammengekippt und dann zugeguckt hatte, ob sie gemeinsam zu leben oder zu sterben begannen.

03:16, jetzt schlaf mal.

Es zielte wohl auf die Grenzen der Gemeinschaft ab, aber es war immer der Einzelne, der angeschwärzt und rausgezogen, vorgeladen und für wertlos befunden wurde. Aus diesem Experiment kam man nicht ohne Angst heraus, selbst so einer wie Hans Brüggemann nicht.

Ja, es ist gut.

Nichts ist gut. Höchstens dass Jo sowieso nicht in die Kneipe rüberkommen wird. Da brauch ich ihm nicht erst Hausverbot zu erteilen.

Kann ja sein.

Aber jetzt schläfst du. Bitte.

Später träumte er davon, wie er eine komplette Auflage der Göttinger Zeitung am Kopierer herstellen muss. Chefredakteur Reichelt kopiert mit. Der Raum ist klein, man kann sich nicht drehen, ohne den anderen anzustoßen. Über die Sortierung der Papiere geraten sie in Streit. Da flattert ein Nymphensittich in den Raum, setzt sich auf Reichelts Schulter, der Chef sagt: «Lewin, die Haustiere müssen aus dem Büro verschwinden. Ein für allemal!»

Jens, aus dem Kopierraum stürzend, sieht in die Redaktion. Kein einziger Mitarbeiter, nur Tiere. Eine Giraffe, die den Kopf aus dem offenen Fenster hält. Hinter ihm steht Reichelt und erhebt die Hände zum Himmel. «Mamma Mia», sagt er und hält Jens Lewin einen Stapel Zeitungen hin. Jens balanciert sie runter in den Hof, wo der Bus schon beladen ist. Diesen Bus fährt er.

Beim Zeitungsausteilen gerät Jens in einen Raum, der ein Hörsaal sein kann. Jedenfalls viel zu groß für ein Klassenzimmer, die Sitzreihen, vor ihm ansteigend, verlieren sich in der Ferne. Jeder Platz ist von einem Kind besetzt. Andauernd meldet sich eines, fingerschnipsend. Dann ein anderes. Jens steht auf dem Podium und spricht. «Das harte Fotopapier zieht sich schon ein paar Minuten nach dem Abzug zusammen», referiert er, «das wellt sich, und die Fotos liegen dann im Schuppen herum wie Schalen, müsst ihr euch vorstellen, wie Aschenbecher. Ich hab ihm immer welche zwischen Buchdeckeln platt gepresst.» Die Unruhe unter den Kindern steigt mit jedem seiner Worte. «Er hat mir erklärt, warum er diese Aufnahmen macht. Nicht so verschwurbelt wie eure Pionierleiter oder die anderen Pappnasen. Das war für mich der Punkt, kurz und knapp, da stand für mich außer Frage, dass der Mann ein großer Künstler ist.»

Zwischenrufe. Die Kinder lachen. Eins krümmt sich vor Lachen, vor ihm auf dem Tisch, sieht ihn dabei aber die ganze Zeit an. Er schwitzt, vollführt theatralische Gesten, um die Aufmerksamkeit seiner Zuhörer wiederzugewinnen.

«Ich war beinahe so jung wie ihr jetzt. Stellt euch vor, die Gleichgültigkeit ihm gegenüber.» Jens zieht mit der Handkante eine imaginäre Linie durch die Luft. Ein schwarzer Strich bleibt zurück. «Auf der einen Seite steht das Kollektiv, und dann ist hier eine Grenze. Wenn man mal absieht von Lück», er hängt kurz fest, «aber der ist geistig behindert, Lück hat immer unter Aufsicht die Weiden gelichtet, die Kopfweiden beschnitten, aber abgesehen von dem steht Jablonski hinter dieser Grenze in Stolpau ganz alleine da. Sein Schuppen hinten, am Rande des Dorfes – so eine Lage befördert natürlich den Ruf. Ich meine, viele helfen ihm, immer mal zwischendurch, aber er bleibt der Asoziale, nihilistisch, ein negatives Element. Kennt ihr diese Ausdrücke?»

Er schreibt sie an die Tafel. Die Kinder raunen, irgendjemand ruft. Als Jens sich umdreht, springt ein Junge durch die Reihen wie ein Affe.

«Die solltet ihr kennen!! Petr Jablonski hat einige Protokolle unterschrieben, er weiß schon, wie brutal die Sprache ist. Aber er hat sich nie daran gewöhnt.»

Die Kinderaffen werfen mit Federtaschen und anderem Zeug nach ihm. Er duckt sich und redet weiter. Sie schreien.

«Das macht ja seine Kunst so wahr!», schreit er zurück.

Er zieht sein Jackett aus. Jens im weißen Oberhemd, die Träger eines Unterhemds scheinen hindurch. Er nimmt einen Schluck Wasser, wirft das Glas zu Boden. «Ruhe, verdammt!» Er zeigt ein Dia von Jablonskis Schuppen.

«Na, ich mache hin und wieder Ordnung bei ihm. *Wenn du schon Künstler bist*, sag ich immer, das liegt da alles wild rum. Ich nehm dann seine Eierpappen als Fotokästen, und dann, nachts, wird die Spannung in den schlechten Fotopapieren zu groß, dann hüpft eins aus der Eierpappe zu Boden, hüpft, schlüpft, wie ein Küken.»

Die Kinder machen eine Pyramide, sie stehen auf- und übereinander in blau-gelben Kostümen. Das Dia verbrennt.

«Petr wehrt sich nicht gegen meinen Frühjahrsputz, er lächelt nur kurz, der hat so ein ganz eigenes Zeitgefühl.»

Bis nach vorne aufs Podium sind die Kinderaffen vorgehüpft, jetzt heben sie Jens in die Höhe, werfen ihn mehrere Meter hoch in die Luft, fangen ihn wieder auf. Das begeistert sie, ihn auch. Es ist so weich, als ob er ständig ins Wasser fallen und jedes Mal von einer Welle wieder hinaufgehoben würde. «Ich denke manchmal, er kann in die Zukunft sehen, dass er schon weiß, wie sein Boden am nächsten Morgen aussieht. In der Nacht steigen die ganzen Fotos wieder aus den Eierpappen, auf so unerhört leichte Art, wisst ihr, auf ihren Ecken tanzen sie, und dann nehmen sie den Raum von neuem in Beschlag.»

Ein Affe greift von irgendwoher eine solche Eierpappe und stopft sie sich in den Mund, eine ganze Sechsereierpappe, ein anderer nimmt sogar eine, in die zwölf Eier passen. Sie mampfen die Pappen, und mit diesem kotztrockenen Geschmack wachte Jens Lewin auf.

05:56.

Er sah an die Decke, die Wände, sah einen komplett mit Eierpappen isolierten Raum, schalldicht. Die Wände waren herangerückt, machten das Schlafzimmer zur Schachtel. Er atmete mit offenem Mund, fand die Luft stumpf und sauerstoffarm, obwohl ein Fenster gekippt war. Jens Lewin lag da und war zum ersten Mal verwundert darüber, dass man auch bei offenem Fenster nichts hörte, keinen Trecker und kein Auto, weder die Vögel noch Regen oder Wind, rein gar nichts.

In Puschen und Schlafanzug tappte er hinunter an den Tresen. Mit der neuen Espressomaschine, die er jetzt anwarf, hatte er sich selbst das schönste Geschenk gemacht. Er rauchte eine. Danach wärmte er eine kleine Tasse unter Wasserdampf und schloss die Hände darum, knetete die Tasse, als sei sie eine Handvoll warmer Sand. Er blies den Rauch vom Tresen in die leere Gaststube. Dann stieg er in die Jeans, zog seinen weiten Pullover an, warf sich die Jacke über. Weder seine Eltern noch Anne waren wach.

Er öffnete beide Vorderfenster einen Spaltbreit und fuhr los. Anne hasste das Auto. Beim Kauf hatte ihr der Kombi zu sehr nach Hund gerochen, jetzt hatte sich der kalte Zigarettenrauch darin festgesetzt. Der Herbstmorgen rückte die Welt in konturlosem Licht zusammen. Feldrand, Baum und Haus, Zaun und Gehweg, Laub, alles war im Halbdunkel nur schemenhaft zu erkennen und fast nur da, weil er es wusste.

Vierzig Autos auf vierzig Kilometern, das nannte sich hier Berufsverkehr. Jens parkte am Lebensmittelgroßmarkt, schleppte sich durch die neonbeleuchteten Gänge mit den hoch aufschießenden Regalen, er begann zu zittern, bevor er verstand, dass er müde war und dass man in den riesigen Kühlhallen, inmitten der trockenen Kälteschwaden, durchaus zittern durfte. Zur Kälte kam das Gewicht seiner Schritte, und auch die Kohlköpfe, Käselaibe, die großen Sauerkrautdosen waren schwer, der ganze Morgen war schwer. Als er all das Zeug in den Stauraum des Passat-Kombi gehievt hatte, überfiel ihn eine ungeahnte Erschöpfung, und um sich davon abzulenken, musste er unbedingt erst mal eine rauchen.

Die anderen drei riesigen Containerhallen, die vor ihm ins Dunkel ragten, hatten alle noch geschlossen. Gartenmarkt, Möbelhaus und das Bau- und Elektrocenter, in dem er oft für den Umbau einkaufen gewesen war. In Anbetracht dieser Monstren kam ihm der Gedanke, dass man den Einzelhandel wohl nur retten könne, indem man die Städte komplett mit Glas überdachte. Es ging bei all den Malls nicht darum, billig und viel zu kaufen, sondern darin stundenlang unterwegs zu sein, ohne dass es einem ins Leben reinregnete. Deswegen war hier draußen an der Elbe auch so wenig los. Es regnete einfach zu oft. Er schnippte die Zigarette auf den Parkplatz.

Jens fuhr zurück, lagerte die Lebensmittel ein. Auf den Wegen zwischen Auto, Keller, Vorratsraum und Küche stopfte er sich zwei schnell gestrichene Stullen in den Mund. Er kam ein weiteres Mal in die Küche, da stand seine Mutter mit dem Rücken zu ihm und schälte Kartoffeln. Sie schlich sich immer so rein. Wahrscheinlich wegen des schlechten Gewissens, morgens nicht mehr die Erste zu sein.

«Warstu schon los?»

«Bin grade fertig mit Auspacken.»

«Guten Morgen erst mal.»

«Ja, Moin, Mudda», sagte er und ließ Martha zurück.

Er wusste, dass Anne nicht wusste, wie sie mit ihm reden sollte, wenn er so am Fenster stand. Am besten war noch, ihn in den Arm zu nehmen und den Mund zu halten. So was dachte sie jetzt bestimmt. Er war vollkommen kraftlos. Sie sah ihm ins Gesicht, sie nahm es in beide Hände und drückte ihm die Wangen zusammen.

«Warst du schon einkaufen?»

Er nickte mit entstelltem Mund.

«Hast du überhaupt geschlafen?»

Er nickte immer noch. Es gab eine Zeit, da hatte Anne einen Spruch parat gehabt, der die Verkrampfung löste. Jetzt verschwand sie ins Bad.

Jens starrte auf Brüggemanns Erdgeschoss. Entweder der rote Hans schoss draußen die Vögel mit Blicken ab, oder er stand hinter der Gardine. Schon klar, Hänschen, am Zaun *gehörte sich ein klares Bekenntnis zur Partei*. Das hatte er doch unten im Deichkrug schon wieder mehrfach zum Besten gegeben, er sei schließlich hineingeboren worden in ein Grenzland, in dem es von Westagenten wimmelte, das sich vor feindlicher Spionage schützen musste. *Feindlich, feindwärts der Elbe*, das kam Hans Brüggemann so was von leicht über die Lippen.

Das Fenster des alten Fritz oben im ersten Stock stand immer offen, wie Jens selbst brauchte der viel Sauerstoff. Der Alte war dem Himmel am nächsten, aber er wollte partout nicht ganz hinauf. Eigentlich ein imposanter Mensch, fand Jens, und er hätte hier sogar der große Sieger sein können, damals, vor dreizehn Jahren, als die Gemeinde rückgegliedert wurde in sein geliebtes Niedersachsen.

Trotz seines schwachen Herzens ein Sieger.

Aber im Moment seines Triumphs hätte er abtreten sollen.

Jens stellte sich den alten Fritz immer vor wie einen Ballon, wegen der Wasserprobleme. Ein Ballonmann, der die Hände auf der Bettdecke zueinanderführte. Mit schlaffen Wangenmuskeln, die ihm gar nicht mehr entsprachen, weil sie nur noch Sanftmut zuließen. Eine heisere Stimme, die *Nun danket alle Gott* flüsterte.

Martha ging ja manchmal rüber zu ihm, und sie hatte Jens erzählt, dass sie unten im Flur immer an dem olivgrünen Funkgerät vorbeimusste, das an der Wand hing wie eine Trophäe. Mit dem Gerät war Hans früher auf Patrouille gegangen, unser Freiwilliger Helfer der Grenztruppen. Ein Simplex, damit konnte man nur empfangen *oder* senden, beides gleichzeitig ging nicht. Noch heute lief die Kommunikation dort drüben nach diesem Schema ab: Der Großvater griff am Bett nach dem Stock, der durch die Decke ging und im Parterre sehr simplex eine Klingel auslöste. Hans empfing, dann musste er die Treppe hinauf.

Die beiden, was für ein Gespann! Jens hatte das Sprichwort im Kopf, das Martha so gern für sie verwendete: *Sperr nie ein bockiges Jungpferd mit einem sturen Gaul zusammen!* Mühlsteine, das passte noch besser: Kirche und Kreisleitung hatten sich da drüben wie Mühlsteine aneinander aufgerieben.

Aber dass Jo nun dazwischen zerquetscht worden wäre wie ein unschuldiges Saatkorn? Der hielt sich doch aus allem raus. Der hatte doch überhaupt kein Gefühl dafür, um was es den Alten ging. Jo hatte kein Herz, und wo kein Herz war, konnte auch keines für Mecklenburg oder für Niedersachsen schlagen.

Vier Tage war Jo jetzt schon nicht in Stolpau gewesen. Die Brüggemanns hatten es wirklich fertiggebracht, Laura, dieser jungen, bescheidenen Person, einen Bauwagen auf die Wiese zu stellen. Jo hatte eine polnische Pflegerin besorgt und sie in einen Bauwagen gesteckt, der auf der Wiese stand, ein Bauwagen aus signalgelbem Holz, direkt auf der Wiese zwischen ihren Höfen.

Es machte ihm Spaß, das Wort so oft zu wiederholen. Natürlich nahmen sie Laura nicht im Haus auf, Brüggemanns gingen ja immer noch einen Schritt weiter Richtung Abgrund. Jo hatte eine Klingel draußen an der Hauswand befestigt, damit Laura sofort zu Hilfe eilen konnte, wenn der Alte oben was wollte. Eine Klingel, darauf musste man ja erst mal kommen! Das, was schief lag in der Familie, noch nach draußen zu verstärken! Na, Hauptsache, Jo tauchte nicht mehr so oft hier auf.

Im Sommer ist das Ding da sowieso wieder verschwunden, dann stehen da Gartentische – er sah die Gartentische schon weiß leuchten. *Rrrring, rrrring.* Jetzt wirklich. Kaum dass er an die Klingel gedacht hatte.

Wie ein Eiswagen, dachte Jens, widerlich, dachte er.

08:48 stand auf dem Wecker. Erste Waschung für Fritz Brüggemann.

Er trat vom Fenster zurück.

Stolpau ist eine Ausnahme, was die Sperranlagen an der Westgrenze der DDR angeht. Zwar gibt es zwei Schlagbäume, die den Weg ins Dorf verstellen, auch eine weitere Panzersperre vor dem Elbdeich. Dafür fehlt aber der erste Zaun im Binnenland. Es gibt nur *einen* Zaun hier, der steht auf dem Deich, und der Kolonnenweg, auch das ist unüblich, führt hier überall direkt am Zaun entlang.

Wer das Experiment betritt, bewegt sich in klar definierten Grenzen. Hier hat jeder das Gefühl, dabei zu sein, dazuzugehören, und ist doch nur ein Atom, das durchs Versuchsgebiet schwebt und dabei äußerst selten auf ein anderes Atom stößt.

Ein fast fünfzehnjähriger Junge sieht aus der Dachluke des Hauses, auf den Zaun, aber kaum darüber hinweg. Einen kleinen Streifen Fluss erkennt er, dahinter die Bäume am anderen Ufer, diesig und verwaschen. Er kennt außerdem das Geräusch, mit dem sich ein Kübelwagen nähert und vorbeifährt. Der Deich gehört den Grenzern, denkt Jens manchmal, weil der Zaun den Grenzern gehört. Er selbst hat dort nichts zu suchen und das Haus durch die große Diele und die Hintertür zu verlassen wie seine Eltern und alle Bewohner der Nachbarhäuser auch.

Aus einer alten Kiste wühlt Jens ein Buch hervor,

das sein Vater nur beim Wegstellen angerührt hat, es ist ihm einstmals zur Jugendweihe überreicht worden. «Weltall Erde Mensch». Geduldig scheint es auf Jens gewartet zu haben, er vertieft sich in die Schaubilder der Dinosaurier, ist fasziniert von der Menschheitsgeschichte und von dem, was ihm in diesem Buch als Leistungen der Genossen präsentiert wird. Wochenlang schlägt Jens das Buch wieder und wieder auf, und was das Weltall angeht – Sterne finden sich auch über Stolpau. Hoch über dem Zaun. Von dort aus, denkt der Junge, ist diese Metallwand bestimmt nicht einmal als ein Strich wahrzunehmen. Vielleicht noch nicht einmal die Elbe. Da sind sie also, die ersten isometrischen Gedanken.

Noch im Herbst desselben Jahres, es ist 1984, erhält Jens eine Einladung nach Berlin. Sein Onkel Paul ist dort im großen Glühlampenwerk tätig und hat wegen irgendeiner besonderen Leistung Karten für eine Revue im Friedrichstadtpalast bekommen. Das ist eine große Sache, zumal der Palast erst im April nach jahrelangen Bauarbeiten neu eröffnet worden ist. Weil seine Frau in Bulgarien lebt, stellt er die zweite Karte seinem Bruder in Aussicht, aber Ludwig Lewin hat auch am Wochenende keine Zeit für solchen Schnickschnack. Er schickt seinen Sohn in die Hauptstadt.

Jens fährt schon am Freitagabend hin, Onkel Paul wohnt in Friedrichshain, gar nicht weit von seinem Lampenwerk entfernt. Der Zaun ist eine Mauer, die Elbe heißt Spree, der Westen Kreuzberg. Auf dem Wohnzimmerschrank neben der Schlafcouch steht ein Buch, das

Jens nur zu lesen anfängt, weil er den Titel «Wer stiehlt schon Unterschenkel?» lustig findet. Das Buch handelt von Timothy Truckle, genannt Tiny, einem kleinwüchsigen Detektiv, der vom 827. Stock eines Wolkenkratzers aus Kriminalfälle löst. Er bewohnt in einer nicht allzu fernen Zukunft den letzten kapitalistischen Fleck auf der Weltkarte, die vollkommen privatisierten, umnachteten Staaten von Amerika.

Den Samstag verbringt Jens mit seinem Onkel in der Stadt, sie essen Eis auf dem Alexanderplatz, die Sonne scheint. Onkel Paul, der eine Weste trägt und darunter das Hemd halboffen, erzählt dem Neffen Geschichten aus der Fertigungshalle für Natriumdampfhochdrucklampen. Zu seiner Belustigung erzählt ihm Jens im Gegenzug das ganze Buch nach, das er noch in der Nacht ausgelesen hat. Onkel Paul kann's kaum glauben, er zieht sich nervös eine Zigarette aus der Packung, legt eine Hand auf Jens' Kopf. Immer wieder sieht er Jens tief und scharf ins Gesicht, als hätte er seinem Bruder einen solch patenten Sohn nicht zugetraut. Sie reden ausführlich über das Buch, dann über einen Zirkel im Glühlampenwerk, wo Paul sich früher mit anderen Arbeitern getroffen und Gedichte geschrieben habe. Er habe zwar nie etwas veröffentlichen wollen, so aber wenigstens «noch das Lesen gelernt», auf seine «alten Tage».

«Was meinst du mit ‹lernen›, ‹Lesen lernen›?»

Onkel Paul erklärt es ihm. Er raucht viel dabei. Es ist ein schöner, ein besonderer Tag. Jens fragt, ob er sich auf den Abend freue. Da guckt ihn Onkel Paul an, als sei das eine durchaus zulässige Frage, die er sich nur noch nicht gestellt habe. Ihm fällt aber eine neue Geschichte ein, von einem Conférencier, der im April durch die Eröffnung des Friedrichstadtpalastes geführt hat und dessen Ansagen in der Fernsehaufzeichnung herausgeschnitten worden sind.

Jens kennt aus Stolpau nur schwarz-weißes Fernsehen, die Eltern haben nie darauf bestanden, den «Kessel Buntes» zur vollen Entfaltung kommen zu lassen. Dass sie ihn, ohne es zu wissen, damit schützten, ahnt er noch nicht, als er abends den Vorraum des Palastes betritt. Schon die Anzugfarben der Revuegäste machen Jens unruhig – wie gefallenes, verblassendes Herbstlaub. Er denkt an die kalte Jahreszeit, die kommt, an chlorophyllarme Bäume, denen hier drinnen alte, blutleere Menschen entsprechen. Umso größer ist der Schock, als der Vorhang aufgeht, denn während an den Garderoben Grau und Braun vorherrschten, ist die Revue sofort rosa, gleich darauf veilchenlila, dann plötzlich himmelblau, und wieder verwandelt Rosa sich in Bienengelb. Onkel Paul applaudiert lautstark. Jens hat von der ersten Nummer an Schweiß unter den Achseln, eine Attacke, die nicht nachlässt, während vor ihm gesprochen, gesungen und getanzt wird. Er weiß nicht, warum sich die Bühne schon wieder dreht und durch ein komplett neues Bild ersetzt wird. Die Potenz, mit der die Frauen ihre Beine in die Luft werfen, ist ungeheuer neu und fremd. Und schließlich kann er nicht mehr hinsehen, muss das Publikum um sich herum beobachten, wobei er erkennt, dass auch ältere bebrillte Männer vollkommen gebannt, vornübergebeugt und mit feuchten Händen auf die Bühne starren. Dort verbiegen jetzt einige ihre Körper derart, dass Knochen springen müssten. Sie sind keine Menschen, denkt Jens, und was er anfangs für Kostüme genommen hat, wird zu Gummihaut. Wo kommen sie her, und warum hat alles, was sie tun, eine so außergewöhnliche Ordnung, zerstreut sich und gewinnt eine neue Ordnung, die ihn ebenso wie die vorherige an nichts erinnert?

Jens' Mund schließt sich nicht mehr. Nicht einmal die Paraden zum Jahrestag der Republik sind so sinnlos, denkt er, die bringen immerhin militärische Überlegenheit zum Ausdruck. Dies hier bringt nichts zum Ausdruck, rein gar nichts, es ist reine Form, unmenschlich also, und spielt sich womöglich außerhalb des Sozialismus ab.

Eine Woche nach seiner Rückkehr aus Berlin geht Jens Lewin in den Buchladen an der Schule und kauft eine Weltraum-Utopie, wie es im Untertitel heißt. Es ist November 1984, und von hier an nehmen die Momente fürs Erste nur noch zu, in denen er sein Sperrgebietsgrenzdorfkinderzimmer vergisst, das umgeben ist von Verboten, von *Dingen der Unmöglichkeit*. Ins All aufzusteigen, in die vierte Dimension vorzustoßen, das nimmt er an wie weise Ratschläge.

Er ist zu Besuch in der Zone der Strugatzkis, schwebt über Lems Solaris, alles liest er durcheinander und alles ist auffällig anders. Und was sind das für Frauen? Kommen sie aus der Forschung, sind sie die härtesten Karrieristen; die Frauen der Kosmonauten hingegen sind anhängliche, anschmiegsame Wesen. Solche Frauen gibt es weder in der Schule noch im Dorf. Hierher begleiten ihn am Nachmittag genau sechs Menschen, die ungefähr in seinem Alter sind, neben dem öden Arne Hinrichs und Jo Brüggemann vier Mädchen, von denen drei den FDJ-Zirkus zu begeistert mitmachen, wie er findet. Vor der vierten, Fritzi, die mit ihren Eltern auf der Warft wohnt, hat Jens ein bisschen Angst, seitdem sie ihn gefragt hat, ob seine Haare am Sack genauso blond seien wie auf dem Kopf. Aber die ist auch schon siebzehn.

Die Welt öffnet sich in lauter Bücherwelten. Jens lenkt seinen Blick durch die Zeit, mühelos überspringt er große Spannen, und wo ihm die Dinge neu sind, sind sie auch gegenwärtig. Hat er sich in ein Buch festgebissen, schmeckt selbst das Abendbrot wie kosmischer Basalt. Die Zahnpaste heißt nur noch Zahnplasma. Das glibberige gelbe Zeug, das seine Mutter mit den Frauen trinkt, kann nur eingedickter Mondsand sein.

«Du Träumer», sagt Martha manchmal.

Ihm fehle an dieser oder jener Stelle die nötige Stringenz, wird sein Chefredakteur fast zwanzig Jahre später sagen.

Abende und Nächte des Winters 84/85 gehen so dahin. Ob auf dem Weg zur Schule oder zurück ins Dorf – kaum hat er sich hinten in den Bus gesetzt, ist ein Buch aufgeschlagen.

An einem sehr kalten Tag, als er nachmittags von der Haltestelle kommend durch den Schnee stapft, sieht er hinter der Friedhofsmauer den Asi. In Decken gehüllt, hockt der da, mit einem Gerät in beiden Händen, das wie ein Gewehr aussieht. Jens hat ihn schon oft rumstrolchen gesehen, aber nie mit einer Schusswaffe. Der zielt auf irgendwas, und der Junge bleibt gespannt stehen. Dann überlegt der Mann es sich anders, jedenfalls knallt es nicht, er steht auf und schüttelt den Kopf. Alles, was Jens über ihn weiß, ist, dass man sich von ihm fernhalten müsse, der Mann gehöre zu den Arbeitsscheuen. Und obwohl Jens gerade mal über die Mauer gucken kann, scheint der Andere ihn entdeckt zu haben, denn er ruft laut:

«Zu kalt.»

Mehr nicht. Jens duckt sich instinktiv.

«Brauchst keine Angst zu haben, ich fotografiere nur den Hagebuttenstrauch», hört er, da ist ihm die Stimme schon viel näher. Im nächsten Moment, Jens tritt einen Schritt zurück, sieht er in ein Gesicht, das nur aus Bart und Augen besteht, und eine Hand reicht ihm das Gerät über die Friedhofsmauer, das er eben noch für ein Gewehr gehalten hat. Er kann nicht anders, als mit beiden Fausthandschuhen danach zu greifen, er hat so etwas noch nie gesehen. Ein mit schwarzem Klebeband zusammengehaltenes Gehäuse, aus dem ein langes Rohr ragt, das auch komplett schwarz umwickelt ist. Es ist viel leichter, als es aussieht.

«Ich bin Petr.»

«Ja. Jens, Jens Lewin.»

«Man denkt, es ist aus Eisen, was?», spricht der Bärtige die Gedanken des Jungen aus.

«Aber es sind nur Klorollen. Is einfach zu kalt. Der

ganze Apparat is eingefrostet, und wo er nich eingefrostet is, isser feucht.»

«Echt leicht», sagt Jens.

«Im Moment schlaf ich hier inner Kirche. Aber wenn's wärmer wird, kannst du ja mal rüberkommen, dann zeig ich dir die annern Apparate.»

Jens nickt, er weiß schon, wo der Asi wohnt. Ganz am Ende des Dorfes in einem Holzschuppen.

Den ganzen Winter über lässt ihn dieses kurze Aufeinandertreffen nicht los, er behält es für sich wie ein Geheimnis, um im April – nach reiflicher Überlegung, wie er findet – tatsächlich hinüberzugehen zu dem Kauz, vor dem alle warnen. An diesem ersten Nachmittag liest ihm Petr Jablonski aus einem großen schwarzen Buch vor, das er die alte Dorfchronik nennt. Darin steht geschrieben, dass das Dorf einmal die Elbseite gewechselt hat, ganz früher habe Stolpau noch linkselbisch gelegen. Westlich des Flusses. Das heutige Flussbett sei erst durch die Eindeichung entstanden.

Jablonski schlägt das Buch zu und sieht Jens an. «Verstehst du? Ohne den Deich wärn wir gar nicht in das Experiment hier geraten.»

Er zögert einen Augenblick, dann fügt er hinzu: «Weißt du, wie es mir mit dieser Chronik geht? Je mehr ich darin blättere, umso müheloser kann ich sie mit Erlebnissen auffüllen, die noch gar nicht geschehen sind. Mit Fotos, die noch nicht geschossen sind.»

Jens sitzt da, trinkt hellhörig Tee.

«Genauso kann man ja die alten, aus einer Chronik

oder aus dem eigenen Leben aufsteigenden Bilder so in die aktuelle Welt einpassen, als würden sie erst noch wahr.»

«Wie meinst'n das?», fragt Jens, obwohl er das Gefühl genau zu kennen glaubt, seit er diese SF-Bücher liest.

«Ich sehe zum Beispiel, euer Haus hat ein Reetdach, das glänzt. Sagen wir, matt und seidenfettig im Morgenlicht, wie ein Pferdeleib.»

«Das seh ich nicht», sagt Jens.

«Aber so wird es einmal gewesen sein.»

«So oder anders», sagt Jens.

Im Juli liest Jens Lewin in einem Schaukasten in Neuhaus einen Aufruf, zur Feier des 36. Jahrestags der DDR würden in der Kreisstadt noch kulturelle Beiträge gesucht. Seine Augen brauchen nur über die Zeilen zu huschen und sehen doch durch das Glas in die Schaukästen des Vorjahres, des Vorvorjahres, eine endlose Reihe von Vitrinen steht hintereinander und kündigt den 7. Oktober an.

Er schlägt ein Puppentheaterstück vor, das er noch nicht geschrieben hat. Im Bezirksrat will man wissen, wovon es handelt. Jens behauptet, einen Reigen russischer Märchen zur Aufführung bringen zu wollen, und als das dem Genossen Offizier noch nicht genug ist, beginnt er vom «Hölzernen Adler» zu schwärmen, einem Sowjetstück, in welchem der Tischler den Goldschmied mit dem Bau des schöneren Adlers im Wettkampf besiegt. Jablonski hat ihm das Märchen erzählt, und sie haben beide gelacht, Jens sogar noch lauter. Er kann das aber sehr selbstsicher vortragen, und sein Gegenüber wirkt erleichtert über den Sieg des Holzes über das Gold. Lewin müsse das Manuskript des Stückes bis Ende August einreichen, damit es bewilligt werden könne.

Petr Jablonski greift nach einer Teetasse, um sie dem Jungen zu bringen, aber sie ist zu heiß. Er scharrt mit den Füßen in seiner Unordnung, findet auf dem Boden schwarzes Klebeband, isoliert den Henkel der Tasse. Jens ist fast jeden Abend bei ihm im Schuppen, und jetzt gerade hat er Petr gefragt, ob er sich für das Puppenspiel eine von seinen beiden Regentonnen ausleihen könne, das sei der ideale Spielort.

«Weißt du, was ich für die Tonnen habe?»

«Nee.»

«Eine Sondergenehmigung.»

«Wieso das denn?»

«Weil ’ne Tonne rollt. Wenn ich noch gelenkig genug wäre, könnt ich durch den Zaun preschen, zur Elbe runterrollen und mich darin rübertreiben lassen.»

«Sondergenehmigung!», brüllt Lewin etwas affektiert. So laut ist er vor ihrer Bekanntschaft nicht gewesen.

«Kannste glauben», sagt Jablonski. «Ich darf die Tonnen nur benutzen, weil da Zwischenböden reingeschweißt sind. Aber das sind meine wichtigsten Stücke hier. Die eine nehm ich als Bad für’n Entwickler. Und die andere als Wasserbecken, da ist der Zwischenboden tiefer eingesetzt.»

«Die kann man ja rauskloppen», sagt Jens, aber er weiß, dass Jablonski hier das Sagen hat. Petr macht ja noch nicht einmal Bilder von ihm, so sehr ihn Jens auch darum bittet, er mache einfach keine Fotos von Menschen.

«Warum nimmst du nich 'n normalen Tisch und breitest 'ne Decke drüber?»

«Ich brauch die Regentonne.»

Jablonski winkt ab, aber nur, weil er in diesen Sekunden mit seinem winzigen Transistorradio einen polnischen Sender empfängt. Jens hört tatsächlich ein paar Brocken Polnisch, aber dann sind sie wieder weg, vorbeigerauscht. Jablonski flucht.

Es wird Herbst, Jablonski steckt in einer Schaffensphase, ist viel draußen unterwegs. Jens geht trotzdem kaum nach Hause, bleibt im Schuppen, liegt in einer ledernen Sitzschale, die einmal ein Sessel gewesen sein soll, und liest. Je mehr der Fotograf arbeitet, desto mehr Bücher liest der Junge. Aber so frei er in seiner Buchlektüre durch Raum und Zeit schwebt, so wenig spürt er, wie sich jedes Mal das allerschlimmste Ereignis nähert: Für Jens ist der hintere Buchdeckel längst keine Enttäuschung mehr, sondern eine Katastrophe. Er begrenzt die fantastische Welt, sie verschwindet einfach wie in einem schwarzen Loch.

Irgendwo im Dorf hat sich Jens einen ausrangierten Motorradhelm geliehen, den er aufsetzt, wenn ihm die Augen vom Lesen flattern. Der Helm wird dann schwerer und schwerer, lässt seinen Kopf zur Seite kippen, minutenlang hängt er da wie ein Toter, nichts passiert, bis er schließlich aufsteht und den Sternenstaub abschüttelt, einen extraterrestrischen Saugnapf oder eine grüne Muschel von seiner Hüfte lösen will – und dabei ins Leere greift.

Oder er drückt den Rücken in die Sitzschale, als könnte er sie in der Erde verschwinden lassen. Draußen im Gras knackt ein letztes Wesen beim Rückzug. Der Wind drückt die Dachziegel aufs Gebälk des Schuppens. Jens streicht sich mit der rechten Hand über den linken Arm. Dann andersherum. Er hört Musik, sehr entfernt.

Er will auch so etwas schreiben können.

Noch im August tippt Jens Lewin Dialoge aus russischen Märchen mit der Maschine ab und bringt dem Genossen Offizier ein dramaturgisch, vor allem aber didaktisch einwandfreies Werk ins Büro. Gleichzeitig schreibt er an dem eigentlichen Stück für den Jahrestag, denn er hat nie daran gedacht, das Märchen vom hölzernen Adler aufzuführen.

Jens schläft nicht, er lernt seine Rollen und spricht sie Petr Jablonski vor, der vom Stück so begeistert ist, dass er den Hammer nimmt, den Zwischenboden eigenhändig aus einer der Tonnen schlägt und sie Jens zur Verfügung stellt. Kommt der Junge spät nach Hause, zieht er sich die Bettdecke über den Kopf, streckt die Arme heraus, probt die Bewegungen der Puppen. Zwar kann er den Text jetzt auswendig, aber er bekommt manchmal vor Panik, ihn vor den Zuschauern nicht parat zu haben, Gänsehaut. Er übt auch in der Regentonne und befestigt den Text schließlich doch an deren Innenwand.

Jablonski hat lange auf einen Zuhörer gewartet, der

nicht gleich Gedächtnisprotokolle verfasst. Er redet jetzt viel davon, was in den letzten Jahrzehnten im Sperrgebiet vor sich gegangen ist, was er hier so erleben musste. Ob Jens überhaupt wisse, wie viele gezwungen worden seien, den Hof von heut auf morgen zu verlassen, und warum in Stolpau nur ein einziger Zaun steht, ob er mal überschlagen habe, wie viele seiner Nachbarn Staatsgeld für Spitzeldienste kassieren?

«Die passen alle aufeinander auf», sagt Jablonski. Er wird immer ernsthafter und eindringlicher, während er erzählt, und was er erzählt, staut sich in Jens auf, fließt in die Hände, auf die Tasten, aufs Papier. Das Puppenstück wird immer länger.

Als Nächstes will er ein UFO bauen, danach einen Skaphander, aber nur Pappe und Glas lassen sich im elterlichen Parterre unbemerkt entwenden. Die Modelle machen alle nichts her, Jens zerstört sie und schnitzt lieber die Puppen, denn die Zeit rennt ihm davon. Die Puppenkleider lässt er sich von der Dame schneidern, die auch Jablonskis Lederhose genäht hat. Damit sie keinen Verdacht schöpft, hat Jens das bekannteste Pärchen der Puppenwelt gewählt: Polizist und Kasperle. Der Polizist trägt eine Schirmmütze der Volkspolizei, zwei überdimensional dicke, goldene Knöpfe schließen sein graues Filzjackett. Viel schmaler gebaut ist das Kasperle, auf den Oberkörper ist eine Latzhose in rotem Karomuster geklebt, er hat ein breites Lächeln, eine große Nase und auf dem Kopf eine Zipfelmütze aus rotem Samt, an deren Ende eine kleine Schellenkugel befestigt ist.

Für die dringend benötigte Ministerpuppe hat er schon

keine Zeit mehr, er schafft es gerade noch, den Kopf zu schnitzen, ein schwarzes Tuch wird als Körper herhalten müssen. Das UFO bastelt er in der allerletzten Nacht, ist mit seinen Entwürfen immer wieder unzufrieden, sodass am Morgen zwar ein Objekt vorhanden ist, die außerirdische Besatzung aber fehlt.

Als Jens am Mittag des 7. Oktober 1985 den Fernseher anschaltet, verleiht Honecker gerade einem Dresdner Trompeter den Nationalpreis erster Klasse. Danach wird die in Berlin beginnende Militärparade gezeigt. Panzerhaubitzen und Katjuschas. Sogar Hubschrauber erheben sich in diesem Jahr über die Karl-Marx-Allee.

Jens trägt sein blaues FDJ-Hemd unter der Lederjacke, er darf heute nicht auffallen. Er fährt mit Fahrrad und Anhänger zuerst rüber zum Holzschuppen, lädt mit Jablonski zusammen die Regentonne auf und fährt dann weiter nach Neuhaus. Der Himmel färbt sich im Osten schwarz, der alte Scherz mit den zwei Wetterarten fällt ihm ein. Entweder es regnet in Stolpau, oder es fängt gleich an zu regnen. Nach der Parade wird es Kaffee und Kuchen geben, ein kleines Podest steht bereit, auf dem zwei Chöre singen sollen. Davor eine Tribüne aus sechs langen Holzbänken.

Seinen Eltern hat er nichts erzählt. Um 16 Uhr ist Jens mit seinem Puppenspiel an der Reihe, Jablonski will zuschauen kommen, ist aber nirgends zu sehen. Pünktlich fängt es an zu regnen, und da, wie eigentlich immer, Westwind geht, schlägt der Regen genau dort in die Tonne ein, wo er seine Textblätter befestigt hat. In einigen Zeilen verschwimmt die Schrift, noch bevor er reagieren kann, aber das ist keine Entschuldigung, auch später nicht. Er stemmt die Regentonne von innen in die Luft, um sie leicht zu drehen; für die acht Zuschauer, die allesamt unter Schirmen auf die Darbietung warten, sieht er einen Moment lang wie jemand aus, der sich, getarnt, irgendwo anpirscht. Dann setzt er die Tonne ab, man sieht zwei Puppen, hört eine Stimme:

Herr Minister.

Genosse?

Das war eine feine Rede.

Danke.

Ich bin so froh.

Worüber, Genosse?

Ich meine, wenn du sprichst, natürlich. Es klingt so wohlgeformt. Und wie du die Distanz zum Publikum hältst.

Spar dir das. Aber merk dir, dass es nicht «Publikum» heißt.

Wie heißt es?

Ministerrat. Komitee. Plenum. Was weiß ich. Aber nebenbei gesagt: Da ich ja nun sitze und du stehst, Genosse, mach mich darauf aufmerksam, wenn ich deine Schulterstücke falsch einschätzen sollte. Wir sind nicht ganz derselbe Grad, nicht wahr, und du bist nur ein Kasper, Genosse?

Ja, aber du hattest mich gerufen.

Aha ... hmm, mal sehen. Da muss doch was in den Akten stehen, wenn ich dich gerufen habe. So, hmm, hier.

(Kasper springt unmotiviert herum.)

Was für eine Ehre!

Ja. Also ein Dorf, Genosse Kasper, dann schieß mal los. Was ist damit?

Genosse Minister, es ist womöglich ein ganzer Kreis, wenn nicht sein ganzer umliegender Bezirk, die erfasst sind.

Wovon erfasst?

Von einer Verunglimpfung. Das Dorf liegt am Grenzfluss West.

Abführen die Burschen. Dingfest machen, unschädlich.

(Der Minister wirbelt dabei wild durch die Luft.)

Die Meldung betrifft unseren Staat als Ganzes. Was mir berichtet wird über die Schreibstuben vor Ort, Herr Minister, hat überhaupt nichts mit den herkömmlichen Spitzen gegen unsere Republik zu tun. Es geht nicht um die Mauer durch die Hauptstadt, nicht einmal um die Grenzen an der Elbe selbst, obwohl es die Zäune ja nun wirklich in sich haben. Es ist nicht die Ausgangssperre, die das Dorf aufgeschreckt hat, oder dass man sich nicht versammeln kann. Weder wird die Kollektivierung kritisiert, noch wehrt sich die Brigade gegen irgendeine Abgabenorm.

Ist es der Deich?

Es sind auch nicht die Mängel am Deich, obwohl jeder weiß, dass der Deich gemacht werden muss.

Die armen Randfiguren! Was haben sie alles geschluckt. Mir ist gerade so, als hätten wir dort erst gestern umsiedeln lassen!

Mehr als zwanzig Jahre ist das her, Herr Minister.

Und wennschon. Das waren doch echte Maßnahmen. Er-

zähl mir keiner, die asozialen Elemente seien schon wieder nachgewachsen.

Nein, ich denke, sie sind raus aus dem Grenzgebiet, Herr Minister.

Die Westagenten, die widerlichen Hetzer, das ganze staatsfeindliche Geschmeiß.

Jaja.

Jaja? Du hast wohl selbst nicht viel mit Agitation am Hut, Genosse Kasper! Aber jetzt mal zur Sache, was ist das in dieser Mappe hier? Wie heißt denn dein Erreger, der an der Elbe grassiert? Nun mal raus mit der Sprache!

(Der Minister hält den Kopf schräg, als lausche er gespannt.)

Ich weiß, es klingt utopisch, Genosse Minister: Es geht um die Zukunft.

(Der Minister lacht laut.)

Natürlich. Es geht doch immer um …

Die Menschen in diesem kleinen Ort an der Elbe können in die Zukunft sehen.

Beim heiligen Stalin, denkst du, du kannst mich für dumm verkaufen? Natürlich können sie in die Zukunft sehen. Jeder im Land kann in die Zukunft sehen. Jeder, der auch nur einen Funken Anstand in sich spürt, sieht die Sonne aufgehen, wenn sie des Abends verglüht. Oder zählst du vor dem Einschlafen nicht deine kommenden Taten auf? Warst du jemals Pionier? Himmel, Bursche, wir leben von der Zukunft! Denkst du, dein Ministerchen hat einen einzigen Aufruf für die Partei verfasst, der ohne Ziel und Aufbruch auskommt? Kasperle,

Kasperle, stell dir einen Aufruf ohne utopischen Kern vor, na, was hast du dann? Keine Ausrichtung hast du dann. Ein leeres Papier hast du dann.

Ja. Und doch. Sie sehen weiter in die Zukunft, als wir es gutheißen können.

Jeder so weit, wie er kann.

Herr Minister. Ebendas macht es so schwierig.

Wieso? Soll ich was verbieten, ich würde gern etwas verbieten, nichts macht mir so viel Spaß, wie einem Verbot die Feder zu leihen. Aber die Zukunft?? Unantastbar. Wer in der Saat keine Blüte erkennt, Genosse Kasperle von der Elbfront, der wird immer die Ernte verpassen.

Sie erblicken nicht, sie *sehen* die Zukunft.

Oha, wie weit sehen sie denn?

Pardon, Genosse Minister, aber meinen Informationen nach sehen sie dort an der Elbe weiter, als unser Staat reicht.

Wie bitte?

Man sagt, sie schmeißen sich Jahreszahlen zu, sie behaupten zu wissen, wann der Sozialismus endet.

Du langweilst mich. Er mündet in den Kommunismus.

Nein.

Nein???

Leider nein.

Das ist ein starkes Stück. Wie machen sie es?

Sie reisen. Man sagt, in einer Regentonne.

Unmöglich, wir haben alle Regentonnen zersägt.

Wirklich?

Fluchtgefahr. Rein da, runterrollen lassen zum Fluss,

rübertreiben. Nein, nein, das kennt man doch, nicht mit uns.

Es soll eine sowjetische Regentonne aufgetaucht sein. Darin tun sie es.

Darin tun sie was?

Das steht alles hier drin, Genosse Minister. Ich sage dir nur, was mir zugetragen wurde. Eine Regentonne, in der man die Zukunft sehen kann.

Aha, so.

(Der Minister verrenkt sich, stützt den Kopf auf die Hände, er denkt.)

Hat man denn nichts wahrgenommen, ich meine, von den Wachtürmen aus?

Wie bitte?

Mensch, Kasper: Hinfahren. Prüfen. Protokollieren. Und dann hier auf den Tisch! Sowjetische Regentonne, sagst du? Wer hat damit angefangen? Macht das ganze Dorf mit? Warum gründe ich hier ein Ministerium und so weiter …

Jawohl, Herr Minister.

Ich sag dir, warum ich ein Ministerium gegründet habe! Weil ich wissen will, was in den Köpfen der Arbeiter und Bauern vorgeht. Wie viel Veränderung sie aushalten. Überforderung ist das Stichwort! Unterforderung ist das andere. Anforderungen des Sozialismus an die Persönlichkeitsentwicklung des Einzelnen ist ein drittes. Genosse, das mit den Jahreszahlen – heißt das, sie wetten auf uns, auf unsere Köpfe? Wie lange haben wir denn noch? Finde das heraus! Finde alles heraus! Aber das Wichtigste ist: Bring mir Seeadlerfedern.

Aber Herr Minister, ist der Seeadler nicht ausgestorben?

Ich hab mich wohl verhört?

Mit Verlaub, Herr Minister, die Werte für die Mittelelbe sind katastrophal.

Genosse Kasper!!! Wenn ich dir sage, der Seeadler lebt, dann lebt der Seeadler!

Es gibt da einen Fotografen, er knipst die Tiere.

Gut, sehr gut. Hingehen da, wichtiger Mann. Der hat sicher Seeadlerfedern.

Nein.

Kasper!!!

Aaah, der Seeeeadler.

Na siehste.

Er ist noch lange nicht fertig, noch nicht einmal das Ende des ersten von drei Akten ist erreicht, weder ist der Volkspolizist zum Einsatz gekommen noch der sowjetische Raumgleiter, geschweige denn, dass überhaupt das UFO landen konnte, auf welches die Grenzer gezieltes Feuer abgeben. Jens Lewin, dem die blonden Haare pitschnass in die Stirn hängen, wird an der Lederjacke empor gerissen. Der Junge ist kurz geblendet, hält sich die Hand vors Gesicht. Er räuspert sich, stößt zwei tiefe Laute aus, als müsse er sich eher schon erinnern als vergewissern, dass er mit dieser Stimme eben laut gesprochen hat. Zwei Volkspolizisten packen ihn unter den Armen und heben ihn vollständig aus der Regentonne. Ein dritter und ein vierter Mann stehen schon bereit, die Tonne fortzutragen. Jens Lewin sieht für einen kurzen Moment sein Publikum, er weiß nicht, wo diese Menschen herkommen, sein Blick bleibt an einer Familie hängen, die regungslos dasitzt, völlig unempfindlich gegenüber dem Regen, die Eltern wie ihre Kinder ohne Kapuzen, alle vier aber mit verschlierten Brillengläsern. Ein widerliches Achtauge. Lewin hat von diesen Wesen gehört. Man erkennt nicht, wo ihre Körper miteinander verbunden sind. Entweder sie durchlöchern mich gerade mit ihren Blicken, denkt er, oder sie können mich nicht einmal erkennen. Die Achtaugen sterben aus, Lewin weiß es. Die werden diesen Planeten nicht übernehmen, selbst wenn sie sich alle zusammentun. «Seht euch Jablonskis Bilder an, achtet auf die Tiere!», ruft Jens Lewin laut, aber das wird den Menschen auch nicht verständlich, nachdem er im Wartburg der Vopos verschwunden ist und vom Festgelände gefahren wird.

Zwischen der Unterbrechung des Puppenspiels und dem Verschwinden des Puppenspielers ist keine Minute vergangen.

Der Text wird eingezogen und in der Kreisstadt studiert. Jens sitzt drei Nächte im Nachbardorf Braase ein, in der Kaserne der Grenztruppen. Sein erstes Verhör endet erst gegen zwei Uhr nachts, da hat auch Ludwig Lewin längst Besuch erhalten. «Sie wissen nicht, dass Ihr Sohn staatliche Personen auf infame Art herabwürdigt?» Ludwig nickt, als verstünde er, was vorgefallen ist. Die Beamten durchsuchen das Kinderzimmer, und als sie die Treppe hinunterkommen, sagt einer, dass die Dienste in Stolpau ausgeweitet werden müssten, «da werden sich ihre Nachbarn bedanken».

Der Tag nach der Verhaftung beginnt damit, dass sie

Jens nacheinander seine Schulhefte auf den Tisch werfen, er solle mal Stellung nehmen zu den Zeichnungen darauf und darin. Zur gleichen Zeit werden mehrere seiner Mitschüler aufgesucht. Alle distanzieren sich von ihm.

Am Wehrlager nach der neunten Klasse habe er doch teilgenommen. Schriftsteller wolle er also werden. Gut, der Onkel in Berlin, wenigstens mal *ein* Hinweis. Warum er sich denn nur selbst so im Weg stehe? Natürlich wissen sie auch von seinen Spaziergängen. Wie oft er am Schuppen von Jablonski haltmache?

«Wir trinken Tee», sagt Jens Lewin, aber das ist schnell gesagt, und die Stunden verrinnen sehr langsam. Auch einer mit dem grünen Ärmelband der Grenztruppen ist dabei. Der Offizier baut sich vor dem Jugendlichen auf, atmet tief durch, schweigt. Das ist die Wut, einen Einzelgänger vor sich zu haben, gesteigert durch die Wut, dass alle von diesem Knilch aufgezählten Buchtitel offiziell lieferbar sind. Dass der Schund auch noch verkauft wird. Über die Puppen will er nicht mit Jens reden, aber dass der keine Ahnung von Punk und Anarchie hat, kann der Offizier nicht glauben.

«Die Schule kannst du knicken, Junge.» Sie hauen ihm Zitate aus seinem Puppenspiel um die Ohren und wollen damit sagen, dass er froh sein könne, noch nicht volljährig zu sein. «Und die Beule in der Jacke, die kam von der Kanone!» Ausgerechnet das zitieren sie besonders laut, vielleicht dürfen sie nur nicht zugeben, Jonny Controlletti zu kennen – das Lindenberg-Album steht bei Jablonski rum, leider aber kein Plattenspieler. Und bevor sich Jens zum hundertsten Mal die Frage stellt, ob Petr Jablonski überhaupt auf dem Fest war und zugeguckt hat, geht es weiter mit dem Sermon: «Noch nicht mal 'ne Bande will er haben!», «Puppen, ein Rädelsführer für Puppen – sag mal, willst du uns verscheißern, Junge?»

War er damals eine Ausnahme gewesen?

Er hatte nach diesen Verhören mit Jahren gerechnet, aber wenn er schon nicht lange sitzen musste, dann wenigstens weit weg von seinen Eltern. Die Einrichtung für jugendliche Straftäter, in die er damals für acht Wochen einrücken durfte, stand in Halle und nannte sich allen Ernstes *Jugendhaus*. In den Bezirken Rostock und Schwerin, hieß es in einem Schreiben, gebe es keine passende Einrichtung für so einen.

Jens rieb sich mit der linken Hand den rechten Oberarm unter dem Pullover, erst schwach, dann immer stärker, bis Kratzspuren und regelrechte Striemen entstanden. Er war auf seinem Schreibtischstuhl zusammengesackt, Regen klatschte vor ihm auf die Fensterscheibe, dazu hörte er hinter sich ein Schlürfen, und als er sich kurz umdrehte, saß Anne auf dem Sofa, Untertasse in der einen, Tasse in der anderen Hand.

«Ach, du bist das.»

«Wollt mal mit dir reden», sagte sie, aber ihre Stimme kam von so weit weg, dass er sie erst viel später hörte.

«Ich dachte grad an früher, an Jablonski», sagte Jens und drehte sich mit dem Stuhl wieder dem Fenster zu. Sie stand plötzlich hinter ihm, eine Hand auf seiner rechten Schulter. «Weiß auch nicht. Hab ihn irgendwie vermisst.»

Anne legte ihm beide Hände auf die Brust. Er drückte sich auf dem Stuhl nach hinten, bis sein Kopf an ihren Bauch stieß. Dann wiegte er ihn hin und her.

«Und du? Wolltest du über die Kneipe reden?», fragte er.

«Auch. Kann warten. Schlaf mal lieber noch 'n Stündchen», sagte Anne.

Sie verließ sein Arbeitszimmer, er dachte an den Hallenser Jugendknast, in dem er es kaum ausgehalten hatte. Im Nachhinein kam es ihm vor, als sei er in Halle wirklich in die Pubertät gekommen. Vorher war ihm vieles gleichgültig gewesen, aber erst dort reagierte er zynisch. Dass seine Verhörer von seinen Treffen mit Jablonski wussten, machte ihn rasend. Dass sie aber immer wieder darauf zurückkamen, dafür hatte Jens nur Verachtung übrig. Diese Verachtung galt bald den Ordnungshütern und dem Jugendhausleiter, sie galt dem Zapfenstreich und den Fahnenappellen, der Staatsbürgerkunde und den Wehrausbildungslagern. Er zog sich zurück, wann und wo immer er konnte. Dachte an die Bücher. Raumpanik: die Angst vor der Unendlichkeit, wenn die Kosmonauten sich eingesperrt fühlten und weitere Kapseln um ihre Kapsel herbeiwünschten, auf dass es noch etwas zu betreten gäbe.

Als Jens wieder im Dorf war und unter diesem großen langweiligen Himmel stand, tüftelte Jablonski immer noch an seinen Fotoapparaten, als wäre nichts geschehen. Sie nahmen sich in den Arm.

Die nun folgende, die letzte Etappe des Experiments war die scheußlichste gewesen. Jens Lewin verstand bis heute nicht, wann und wie ihm dieser kleine Mitschüler über den Weg gelaufen war und warum er dessen Schmeicheleien nicht hatte widerstehen können. Wie konnte er einen Helden aus sich machen lassen, dem nicht mehr auffiel, dass er mit acht Wochen Jugendhaus glimpflich davongekommen war? Wie nur hatte Jo Brüggemann das angestellt: ihm einzureden, dass es doch jetzt erst richtig losgehe?

Er habe nichts dagegen, sie zwei Abende in der Woche zapfen zu lassen, aber unmöglich könne er mit dieser Laura hinterm Tresen stehen, denn er müsse «den Bauwagen als Brüggemann'sche Geste boykottieren».

Anne machte den Scheibenwischer, so verschwurbeltes Zeug hatte ihr Mann selten von sich gegeben. Er war aber noch nicht mal fertig. Sie möge auch bitte darauf achten, dass das Mädchen nicht in der Küche arbeite. Anne sah ihn jetzt auffordernd lange an, damit er sich erklärte. Eine ungelernte Aushilfe, fand er, könne den Ruf des Deichkrugs ruinieren, noch bevor der richtige Küchenchef einstieg.

«Ach so.»

«Sag's nicht. Ich weiß, was du sagen willst.»

«Seit August.»

«Ich weiß.»

Jens hatte, lange bevor der Umbau des Hauses abgeschlossen war, damit begonnen, einen geeigneten Koch zu suchen. Aber suchen konnte man das wohl kaum nennen, nicht mal eine Annonce aufgegeben hatte er. Anne ärgerte sich über seine Passivität, und sie hatte keine Lust, ihm diesen Ärger zu verheimlichen.

«Du willst den ganzen Winter nur Suppen anbieten, stimmt's?»

«Nein.»

«Das ist doch Mist so, Jens. Wieso soll sie denn nicht in der Küche helfen?»

«Weil ich es nicht möchte, deshalb.»

Anne wendete sich ab, ging direkt zu Martha und machte ihr klar, dass Laura sich etwas zum Pflegelohn bei Brüggemanns dazuverdienen müsse. «*Noch* 'ne junge Deern?» – das war Marthas erste Reaktion, und sie berührte Annes Arm, als könne sie die Kränkung, die in ihren Worten lag, auf diese Weise ungeschehen machen.

«Man soll ja alle Hilfe annehmen», sagte Martha dann, womit sie sich hinter einen Ratschlag ihres Sohnes zurückzog. Genau das hatte ihr Jens vor Monaten zu verstehen gegeben: Wenn sie nicht annehme, was ihr an Hilfe angeboten werde, habe es keinen Sinn, auch nur die erste Umzugskiste auszupacken.

Martha strich über den Tisch, an dem sie saßen.

«Aber einarbeiten müsst ihr se.»

«Das mach ich.»

Martha lächelte.

«Dann, in Gottes Namen. Se soll ja über'n Winter kommen.»

Martha war schmaler im Gesicht geworden, dachte Anne, die letzten Wochen waren auch für sie anstrengend gewesen. Anne hatte plötzlich großes Verständnis dafür, dass Jens' Mutter keine weitere Veränderung mehr wollte. Es war genug, dass sie in den Nachmittagsstunden in der Kneipe stand, ihre allseits geliebten Kuchen buk. Sie glänzte an der neuen Kaffeemaschine und goss den anderen alten Damen, die den starken Italienischen nicht vertrugen, wie früher Filterkaffee in die Tassen. Warum sollte man daran etwas ändern? Martha würde noch lange die Seele des Deichkrugs bleiben, das war schon daran zu erkennen, dass die Zahl der Gäste nach achtzehn Uhr fiel wie ein Barometer vor dem Regen.

Anne klopfte an, kurz darauf wurde die Tür des Bauwagens geöffnet. Laura trug einen weiten Pullover mit Brand- und Mottenlöchern, ein paar Dreadlocks fielen ihr in die Stirn. Links hatte sie vier oder fünf Ohrringe, zwei auffällige Nasenpiercings, eines silbern, eines schwarz. Auf ihrer rechten Gesichtshälfte nichts davon. Hier die bürgerliche Seite, dachte Anne, dort die alternative, die punkige. Unter beiden Augen bildeten sich beim Lächeln kleine Fältchen.

Laura saß auf ihrem Podestbett unterm Fensterchen, Anne auf dem einzigen Stuhl, der sonst vor einen kleinen Sekretär gerückt war. Es gab zwei Herdplatten und in der Ecke einen Kanonenofen. Anne fand diese Behausung gerade in ihrer Puppenstubengemütlichkeit niederdrückend. Nie hätte sie selbst so leben wollen.

Die Frauen tranken Tee und machten die ersten Termine für den Deichkrug aus. Laura war vom ersten Moment unkompliziert gewesen, auch jetzt gab sie sich locker, betont locker sogar. Anne könne sie überall und immer einteilen, gerne unangekündigt dazuholen. «Mach dir um mich keine Sorgen.»

Obwohl sie sich kaum kannten, erzählte Laura offenherzig von der Trennung ihrer Eltern in Breslau und dass sie nach der Schule ihrem deutschstämmigen Vater in den Westen gefolgt war. Er arbeitete in einer Schlachterei in der holsteinischen Provinz, und Laura ließ sich von ihm überreden, dort eine Ausbildung zu machen. Als sie sie absolviert hatte, war ihr so oft schlecht geworden, dass sie Tierärztin werden wollte. Der Vater habe gelacht, und sie Ehrgeiz gezeigt. Sie musste das deutsche Abitur nachholen.

Bei einem Besuch in Hamburg lernte sie Gernot kennen, der bei der Polizei arbeitete. Er sei vom ersten Moment an so verliebt wie eifersüchtig gewesen und habe alles dafür getan, dass Laura zu ihm in die Stadt, in seine Wohnung zog. Sie gab nach, aber erst einmal in Hamburg angekommen, vergaß sie morgens oft, dass sie zur Schule nach Itzehoe fahren wollte. In Hamburg fand sie Freunde, die den ganzen Tag Zeit hatten und mit denen sie sich wohlfühlte.

Sie habe nach der Schlachtereizeit eigentlich den Entschluss gefasst, bewusster zu leben, aber es habe die Kohle dafür gefehlt, Biofleisch zum Beispiel konnte sie sich gar nicht leisten. Ihr Vater hatte die Unterstützung auf dreihundert Euro monatlich gekürzt, sie jobbte als Babysitterin. Gernot anpumpen wollte sie nicht, der gab ihr sowieso nichts, solange sie an der Roten Flora im Schanzenviertel rumhing. Außerdem schien der irgendwelche Drogen zu nehmen, sagte Laura, die seine Eifersucht verstärkten.

«Wie meinst 'n das?», hakte Anne nach.

«Na, der ist nicht ganz dicht. Und der darf unter keinen Umständen wissen, wo ich bin.» Bei Gernot sei sie heimlich ausgezogen, nachdem er sie «versehentlich», wie er sagte, das zweite Mal in der Wohnung eingeschlossen hatte.

«Ach so. Damit wird ja Jos Rolle klar», sagte Anne.

«Wieso, der hat mich aus dem Schlamassel rausgeholt.»

«Verstehe.»

«Was soll 'n das?»

«Nee, gar nichts. Und das rechnest du ihm hoch an.»

«Ja. – Hey, was? Komm, was …»

Anne wollte nur genauso ehrlich sein. «Ich find, es sieht ein bisschen danach aus, als würde er sich als dein Beschützer aufspielen. Der Beschützer der Kleinen.»

«Na klar sieht das so aus. Is ja auch so. Na und?»

Sie machte eine längere Pause.

«Er liebt seinen Opa, und das find ich jedenfalls ganz cool.»

«Isses ja auch», antwortete Anne schnell. «Entschuldige, ich will mich da gar nicht einmischen.»

Obwohl sie kurz davor war, zu gehen, bat sie Laura, das Fensterchen hinter sich zuzumachen. Sie überlegte, was sie sagen könnte, um die Stille zu durchbrechen, aber dann war es wieder Laura, die sie mit einer unerwarteten Nachricht überraschte. Am Montag werde ein Fotograf aus London nach Hamburg geflogen kommen, solle sie von Jo ausrichten, und dort einen Mietwagen nehmen. Er werde so gegen zwei Uhr in Stolpau sein und ein paar Stunden bleiben.

«Petr Jablonski?»

«Keine Ahnung, wie der heißt. Jo sagt, du hättest vielleicht Lust, ihn mal zu treffen.»

«Ach, is das 'ne Einladung?»

«Ja. Sollte. Zum Kaffee, Montag, da hast du doch eh Ruhetag.»

«Dann sag deinem Herrn Brüggemann, dass ich sie annehme.»

Jo Brüggemann führte Anne die Treppe hinauf, am Krankenzimmer seines Großvaters vorbei – die Tür war zu –, blieb vor dem nächsten Zimmer stehen und machte eine einladende Geste. Vielleicht musste sie ihr Urteil revidieren: Von außen schien das Haus der Brüggemanns nicht kleiner zu sein als ihres, aber wie beengt hier oben alles wirkte. Der Raum, in den sie trat, war kaum größer als Lauras Bauwagen. Kein Wunder, dachte sie, dass Jo Brüggemann nur ungern herkam.

Laura hatte bereits im Sessel Platz genommen. Sie trug eine schöne rote Strickjacke, hatte die Beine übereinandergeschlagen, ihre Arme und Hände lagen etwas zu lässig auf den Sessellehnen. Über ihr hing ein DDR-Schild an der Wand: «Grenzgebiet. Sperrzone! Betreten und Befahren nur mit Sondergenehmigung gestattet!» Hätte Brüggemann seine Jugend woanders verlebt, wäre das einfach geschmacklos gewesen. Was aber sagte das Schild über einen, der hier aufgewachsen war?

Bis auf eine waren alle Wände getäfelt. Das größere Fenster ging nach Norden ins Binnenland, über dem ein tiefgrauer Himmel hing, viel zu dunkel schon für mittags. Zwei Gardinen, in die oben wie unten Plastikstäbe eingezogen waren, verhängten das dem Deichkrug zugewandte Dachfenster. Die linke Stoffbahn zeigte einen Storchenkopf, die rechte einen Kranich. Anne traute sich nicht zu fragen, ob Jo Brüggemann die Gardinen mit eigenen Fotos hatte bedrucken lassen.

Ein Bett, ein niedriger Couchtisch, um den herum zwei kleine Sessel in dunkelrotem Glattleder und ein Korbstuhl gruppiert waren. Ein völlig liebloses Ensemble. Zwei nackte Glühbirnen brannten in der Fassung, von denen eine vor allem das Verlängerungskabel zu beleuchten schien, das zum Wasserkocher auf dem Tisch führte. Gerade verstärkte sich dessen Rauschen. Anne blickte auf zwei vergilbte, ausgebleichte Wachsstiftzeichnungen, die mit Klebefilm an der Holzverkleidung der Dachschräge hingen. Bäume, Sonnen, dreieckige Kleider unter Köpfen, die keine Gesichter hatten.

«Noch von Ihnen?»

Er nickte nur.

Es fiel ihr schwer zu lächeln. Jens hätte es lieber gehabt, wenn sie gar nicht erst rübergekommen wäre. Sie solle die Einladung ausschlagen, hatte er gestern von ihr gefordert und am Ende «Tu, was du nicht lassen kannst» gesagt. Dabei wollte sie ihn doch überraschen, Jablonski später mit rübernehmen.

Neben Brüggemanns Tür türmten sich sechs hohe Stapel Papier. Anne sah lange hinüber. Sehr junggesellig fand sie diese Art, aufzuräumen, ohne das Chaos zu verbergen. Selbst in ihrer Studienzeit, und an die galt es heute im Gespräch mit dem Fotografen ja anzuknüpfen, war sie mit einem Bruchteil dessen ausgekommen, was ihr Gastgeber dort an Papier lagerte. Sie hatte fast nur in der Bibliothek gearbeitet, zu Hause brauchte sie keine Nachschlagewerke, selbst ihre Belegarbeiten hatte sie nur in ihrem Computer gespeichert. Wer sich ihr schmales Bücherregal in Göttingen angesehen hatte, konnte sie kaum für eine Studentin halten, und nahezu unmöglich war es, an den Büchern ihr Fachgebiet zu erkennen. Es sei denn, man verstand unter KuWi wie Annes Mutter *alles und nichts* (das war deren favorisierte Antwort darauf gewesen, was *genau* ihre Tochter denn da mache).

Sie hatte sich dem Gastgeber gegenüber in einen der Sessel fallen lassen. Jo Brüggemann saß auf dem Korbstuhl, etwas höher als die beiden Frauen. Er sah auf die Uhr, beugte sich nach vorne, strich sich die schwarzen Haare hinters Ohr. Sein Wollpullover mit grünen und braunen Querstreifen war so weit geschnitten, dass Jos Beine in der engen Jeans besonders dünn wirkten.

«Petr müsste jeden Moment da sein. Ich finde es ja toll, dass wir jetzt jemanden im Dorf haben, der sich für Kunst interessiert.»

War das geheuchelt? Hier im Raum klang Brüggemanns Stimme brüchiger als auf dem Spaziergang zuletzt. Er saß auf seinen Handflächen. Ein schriller Ton war zu hören.

«Das wird er sein», sagte Anne.

«Das ist mein Großvater. Komm mal mit, Laura.» Die beiden verließen das Zimmer.

Anne goss sich heißes Wasser in eine Tasse, legte einen Beutel Kamillentee hinein. Sie schob eine der Vogelgardinen zur Seite, wollte hinübersehen, im letzten Moment aber zog sie den Kopf zurück.

Nach einigen Minuten – Anne nahm gerade ihren Teebeutel aus der Tasse – kam Jo hinter Laura aus dem Nebenraum zurück.

«Wie geht es denn Ihrem Großvater?», fragte Anne höflich.

«Wie immer», sagte Jo. «Wir wollen hoffen, dass er mal wieder aufsteht.»

Brüggemann ging zur Gardine und nahm den Stoff zwischen Daumen und Zeigefinger. Dann ließ er sich wieder in den Korbstuhl fallen.

«Warum haben Sie da so viel Papier rumliegen?»

«Das ist nur das Vogelzeug von meinem Vater. Ich sagte Ihnen ja schon, ich dokumentiere für ihn. Aber die Hälfte davon sind Zeichnungen. Man ist ja immer auf Abbildungen angewiesen.»

«Sie zeichnen das?»

«Nee, mein Vater. Vögel, Vogeldetails.»

«Mich würde ja interessieren, ob Sie sagen würden, diese Zeichnungen», sie stand auf, ging zu den Stapeln und bückte sich, «also so ein Kopf hier …»

«Bussard», präzisierte er.

«… ob der für Sie Kunst ist.»

Jo Brüggemann nahm das Blatt Papier in die Hand. Er drehte es, als sei es ein dreidimensionales Gebilde.

«Oder Ihre Kindermalerei da. Kann doch Kunst sein, auch mit dem Klebefilm festgemacht, vielleicht gerade deshalb.»

Jo lächelte zum ersten Mal. «Hab ich mir noch keine Gedanken drüber gemacht.»

«Sehen Sie – ich schon. Und danach kann Bierausschank wahnsinnig beruhigend sein.»

Laura lachte, strich sich eine ihrer Dreadlocks hinters Ohr. Anne sah die Jugend der anderen – die wachen Augen, dieses Lächeln, bei dem ihr jemand leicht am Hinterkopf zu ziehen schien, sodass sich die Haut straffte. Kinn und Mundpartie wurden betont. Sie fühlte sich exakt die zehn Jahre älter als Laura, die sie älter war.

Da erklang erneut die helle Glocke.

«*Ich* geh», sagte Laura und sprang auf.

Anne blieb mit Jo zurück, schlürfte ihren Kamillentee.

«Sie haben übrigens eine schöne Stimme», sagte er nach einer kurzen Pause. «Glauben Sie mir, ich weiß, was ein schöner Grundton ist.»

«Danke.»

«Ihrer liegt so bei zweihundertzwanzig Hertz. Schön tief. Ich mach nämlich gerade Zusatzkurse, Erkennungsdienst. Man muss sich weiterbilden.»

«Das heißt, wenn ich ein Verbrechen begehen will, sollte ich lieber nicht meine Stimme hinterlassen.»

«Sollte man nie», sagte Jo.

«Ich dachte, das läuft nur noch über die Gene.»

«Es läuft über ein Gesamtprofil Ihrer Person. Soll ich Ihnen zeigen, was wir gerade im Kurs machen?» Jo stand auf, ging auf sie zu, griff nach ihrer Hand und zog sie zu sich. Er schnupperte ihre Handinnenfläche ab, immerhin berührte er sie nicht mit der Nase. Es kitzelte trotzdem. Er ahmte ein Bellen nach, dann ein zufriedenes «Wuff! – Die müsst ich jetzt eigentlich wiedererkennen».

Für einen winzigen Moment las sie in Brüggemanns Gesicht die Frage, ob er sich danebenbenommen hatte.

«Die Hunde können es natürlich wesentlich besser.

Und wir nehmen neuerdings wieder vermehrt Riechproben.» Jo beugte sich Anne entgegen: «Ich glaube, in so großem Stil wie jetzt hat das zuletzt die Stasi gemacht.»

Sie stutzte. Dieses konspirative Flüstern, das war doch wohl Absicht gewesen? Er sah kurz zur Tür, in der niemand erschien. Es dauert ihm zu lang, dachte Anne, es wird ihm zu intim. Vielleicht ist ihm auch aufgegangen, dass er eben an meiner Hand geschnüffelt hat.

Anne sah ihn über den Tassenrand hinweg an, Jo blickte an die Wand. Er habe sich ganz gut mit manchen Grenzern verstanden, sagte er unvermittelt, das seien neben Jablonski die ärmsten Schweine überhaupt gewesen, «ganz ehrlich, und dabei gar nicht so viel älter als ich selbst». Mit manchen habe man ja reden können, die seien so verloren und allein gewesen, denen sei der Liebeskummer aus allen Poren gekrochen. «Ich hab auch ein paar Pullen mit ihnen getrunken», sagte er so, als würde er das Wort «Pullen» nur ausnahmsweise verwenden.

Anne lehnte sich zurück und schlug die Beine übereinander.

«Einmal haben sich die Lehrlinge aus dem Club mit den Grenzsoldaten angelegt. Und ordentlich was kassiert, obwohl sie das nicht zugegeben haben. Danach hat mein Vater mir den Club verboten. Ich bin trotzdem hin. Und da musste ich dann eben vermitteln zwischen den Schlägern. Ich stand mit zwei rauchenden Grenzern hier am Dorfende am Zaun …»

«Für die war das sicher auch kein Spaß.»

«Das is genau der Punkt, Frau Lewin, absolut nich. Was meinen Sie, was die für'n Schiss hatten, schießen zu müssen. Und zu mir haben sie immer gesagt: *Jo, wir bewundern dich. Weil du hier aufgewachsen bist.*»

«Ernst gemeint?»

«Neiiin. Pure Ironie. Die hatten so ’n Frust. Sie fanden, dass Stolpau das Allerletzte ist. Die Grenzer steckten sich eine Kippe an der anderen an. Für die gab es nur Rauchen. Und Zahlen, die abnehmen. Na, das war ja auch schon die Endzeit im Osten. Tage und Wochen und Monate, alles wurde immerzu runtergezählt.»

«Jo, kommst du mal rüber, er will dich kurz sehen.»

Laura stand plötzlich in der Tür.

«Ich bin dann jedenfalls hin» – Jo drückte sich langsam aus dem Sessel –, «als Beauftragter der Älteren. Ich sollte den Grenzern ausrichten, dass sie sich bitte schön nie mehr im Club blickenlassen. Aber das hab ich besser nich gemacht, die hätten uns den ganzen Club zusammengehauen. Da hab ich lieber mit ihnen geraucht. ’ne Friedenskippe.»

Er verließ das Zimmer, und Anne fragte sich, was bei Jo Brüggemann solche Erinnerungen auslöste. Er war so jemand, der sich plötzlich, dann aber unbedingt mitteilen wollte. Hörte er sich nicht reden? Und warum eigentlich kam Jens in seiner Vergangenheit nicht vor?

Anne schreckte jäh auf, als neben der Tür ein Anrufbeantworter ansprang, ohne dass vorher Telefonklingeln zu hören gewesen wäre.

«Jo, hier ist Petr, geh mal ran. Du, ich sitz fest in Hamburg, sorry. Ein andermal. Sorry. Gruß an deine … also auch an diese Frau. Äääh, I’m just … ich meld mich heute Abend nochmal.»

Jo Brüggemann kam jetzt mit dicken Backhandschuhen und einem Kuchen zurück ins Zimmer. Laura trug eine Schale Schlagsahne, ebenfalls mit beiden Händen. Im Parterre hatte es vorhin nach Rührkuchen geduftet. Jo stellte die Backform auf dem Tisch ab, und als Anne ihm vom Anruf erzählt hatte, ging er durch den Raum, zog die Handschuhe aus und drückte auf die Taste, neben der es grün und schnell blinkte. Brüggemann regte sich furchtbar auf.

«Ein andermal? Das kann er doch nicht machen, was denkt der sich eigentlich? So ein … ich hätt ihn abholen müssen!»

Er sah richtig süß aus, wenn er in Rage war. Auch um Jahre jünger. Anne stellte sich vor, wie Jo mit diesen Küchenhandschuhen gegen Jablonski boxte.

«Dabei hat Jo extra gebacken für den Herrn Künstler», sagte Laura.

Brüggemann fuhr herum, Laura erschrak. Dann nahm er das Messer und drückte die Klinge so heftig durch den Kuchen, dass sie in die Backform ritzte.

«Ham Sie Ihren Mann mal gefragt, ob er noch Fotos hat?»

«Besuchen Sie uns doch mal und fragen Sie ihn selbst.»

«Sooo», sagte Jo, schon wieder völlig entspannt, und schob die Stücke mit ruhiger Hand auf die Teller.

«Das ist aber keine Antwort.»

«Ich lad Sie lieber zum Tee ein. Wissen Sie, Jens hat sich hier ja nicht mal gemeldet, als er ankam.»

Unheimlich, wie schnell Jo Brüggemann in diesen Tonfall wechseln konnte, in dem sich die Silben nicht mehr hoben oder senkten, als verlöre ein ganz normaler Gesprächsfluss plötzlich seine Strömung. Alle drei hatten ihre Teller vor sich auf dem Schoß. Laura schloss den oberen Knopf ihrer Strickjacke. Keiner von ihnen hatte das Kuchenstück aufgegessen, da meldete sich ein drittes Mal der Großvater.

«Machen Sie sich noch einen Tee? Bitte, wir sind gleich wieder da.»

Anne hörte die beiden die Treppe runterpoltern. Jo hatte offensichtlich Angst, mit ihr allein zu sein. Er lief vor ihr weg. Und ließ sie in diesem beklemmenden Zimmer zurück. Man wusste gar nicht, wo man hinsehen sollte, auch die Tagesdecke auf dem Bett trug ein abgrundtief hässliches Muster in Rot, Blau und Schwarz. Die beiden kamen wieder herauf. Werd nicht ungerecht, dachte sie, ist ja nicht seine Schuld, wenn sein Großvater klingelt oder dass Jablonski nicht erscheint. Anne nahm ihren Kuchenteller, stellte ihn wieder zurück. Hier drin konnte sie nicht bleiben, sie schlich sich raus auf den Gang. Durch den Türspalt konnte man ins Zimmer von Fritz Brüggemann sehen.

Sie spürte, dass sie errötete. Viel Licht fiel nicht in den Raum, aber sie sah, wie Jo seinem Großvater Handtücher um die rechte Wade wickelte. Laura stand rechts vom Bett, und als das erste Bein versorgt war, wechselten sie die Seiten. Jo ging sehr behutsam vor, Laura beugte sich weit vornüber. Dafür, dass es bloß um Wadenwickel ging, sah Laura sehr genau hin. Es erinnerte Anne daran, wie aufmerksam sie selbst zugehört und hingeschaut hatte, als ihre Schwiegereltern Jens und sie in die Arbeit im

Deichkrug eingewiesen hatten. Auch sie wollte sich vom ersten Moment als die praktische Frau zeigen, für die sie sich hielt, von Marthas Seite hatten gar nicht erst Zweifel daran aufkommen dürfen, dass sie hier in Zukunft die Rolle der zupackenden Wirtin ausfüllen würde, und bisher war ihr das, wie sie selbst fand, gut gelungen, sie hatte nach und nach die Bauern kennengelernt, bei denen sie Eier, Milch und Kartoffeln kauften, sie kümmerte sich um die Tageskarte, hatte die Abrechnungstermine mit den Automatenaufstellern, der Brauerei und der Bank im Blick – die Alten waren doch glücklich, dass ihnen jemand diese Dinge abnahm. Jens kümmerte sich ja nicht darum. Wenn der nicht gerade Thekenschicht hatte, hockte er ständig im Obergeschoss, starrte vor sich hin, und wollte man ihn wach rütteln, ihn nur berühren – dieses hysterische Zurückzucken. Das kannte sie nur aus der Zeit ihres Kennenlernens.

Was machst duuu denn hier? Anne malte sich plötzlich aus, dass Laura sie bloßstellen könnte wie eine Verbrecherin. Sie schlich sich in Jos Zimmer zurück. Ihr Herz schlug schneller. Sie machte wieder kehrt, lief die Treppe hinunter. Es hätte sie auch gewundert, wenn jemand hinter ihr hergerufen hätte. Sie musste beinahe heulen, so peinlich war ihr die ganze Situation, so enttäuscht aber war sie auch darüber, andauernd stehen- und sitzengelassen zu werden, in diesem Haus genauso wie drüben. Und jetzt sah Jens ihr bestimmt auch noch zu, wie sie mit großen Schritten über die Wiese eilte.

Alles andere als ein Ruhetag war das gewesen.

sieben

Jens schlief fast vier Stunden, was nur an seinen verschleimten Nasennebenhöhlen lag, für ihn seit der Ankunft in Stolpau aber Rekordzeit war. Thanksgiving war seine Idee gewesen, sonst hätte er sich wieder ins Bett fallen lassen. Er selbst hatte die Feier vom vierten Donnerstag im November auf den darauffolgenden Samstag verlegt. Es gab siebenundfünfzig Reservierungen für den Mittagstisch.

Anne klebte gerade das Truthahnrezept, das ihr Studienfreunde aus Iowa gemailt hatten, an die Abzugshaube in der Küche, als der alte Wiechert den Deichkrug betrat. Er war viel zu früh, hatte sich aber schon fein gemacht, weißes Hemd und eine etwas zu breite dunkle Krawatte unter einem hellgrauen Anzug. Wiechert bestellte sich bei Anne einen Kaffee. Sie drehte den Siebträger aus der Halterung der Maschine und brauchte ihn noch nicht auszuklopfen.

«Ich hab eben einen Anruf von meiner Schwägerin gekriegt, und da dachte ich, ich geh mal gleich Bescheid sagen: Die Fähre setzt heut nicht über.»

«Was?»

«Sie wohnt doch drüben in Alt-Bracke. Sie wollt heut früh selbst zu uns, da hängt bloß ’n Schild. Motorschaden.»

Jens tauchte aus der Küche auf, sah seiner Frau in die Augen.

«Wie viele kommen denn von drüben?», fragte sie.

«Mindestens zwei Drittel.»

«Scheiße.»

«Das kann doch nicht wahr sein, dass die ausgerechnet heute 'n Motorschaden hat.»

«Das *is* auch nich wahr.»

Ludwig Lewin hatte seine Arme von der Küchenseite aus in die Durchreiche gelegt, den Kopf durch die Öffnung gesteckt:

«Der hat doch vor zwei Wochen drüben am Anleger 'ne Stelle gekriegt. Am Fährhaus.»

«Wer, der?»

«Der dämliche Bendorf. Unser alter Koch. Und seine Cousine ist die Fährfrau.»

Lächerlich sah der Vater aus, den Kopf durch diese Luke gestreckt, im Nacken die rote Schleife der Küchenschürze.

«Wie – der kocht jetzt im Fährhaus?»

«Hab ich auch von gehört», sagte Wiechert.

«Das ist ja 'ne Katastrophe!», rief Jens laut.

«Der ganze Mensch ist 'ne Katastrophe», sagte Ludwig viel ruhiger. «Gegen solche kannst du nix machen. Die sind wie das Hochwasser.»

«Mann, wenn ich deinen Fatalismus hätte, Vadder. Du bist immer gleich so machtlos.» Jens eilte in die Küche, sich die Hände zu waschen, und fügte bissig hinzu: «Genau deshalb lief der Laden auch so schlecht.»

Er nahm die Schürze ab – Jens trug die gleiche wie

Ludwig, vorne drauf eine von einer Zwiebel dominierte Obst-und-Gemüse-Grafik –, trat in die Gaststube, nahm die Jacke vom Haken.

«Soll ich mitkommen?», fragte Anne.

«Was willst du denn machen?», fragte Ludwig.

«Erklärst du ihm, was man in solchen Fällen macht, Anne? Ich fahr schon mal los.»

Beim Zurücksetzen des Wagens hörte Jens die Nachbarkatze jammern. Er donnerte auf den Sandweg, auf die Stichstraße, auf die Landstraße nach Neu-Bracke. Seine Fingerkuppen, glänzend vom Küchenfett, trommelten aufs Lenkrad. In den Kurven blieb er im dritten Gang.

Am Nachmittag sollte es ein Ratespiel geben, ein Apfel-Quiz, für das er in den letzten Tagen herumgefahren war, Bäume und Früchte zu fotografieren. Er hatte genug von den Sticheleien Marthas und Annes. Dafür dass der Kredit auf seinen Namen laufe, bringe er sich ja nicht gerade übermäßig ins Tagesgeschäft ein …

Für heute hatte er alles vorbereitet. Die Bilder in Reihenfolge gebracht, den Beamer und die Leinwand aufgestellt, auf der sie demnächst auch Fußball zeigen wollten. Ein großer Präsentkorb stand als Gewinn bereit. Gestern noch hatte Jens, weil er nicht wieder zum Großmarkt fahren wollte, in Neuhaus völlig überteuerte Schreibblöcke und Stifte für das Quiz gekauft.

Und jetzt fiel die Fähre aus! Natürlich waren die Reservierungen fast alle aus dem Westen, da hatten sie ja verstärkt inseriert. Seine Kopfschmerzen nahmen zu, und als es auf sein Bein tropfte, dachte er sofort an Nasenbluten. War aber nur Rotz. Jens schnaufte ins Taschentuch. Gelb. Jetzt ging's los. Gelb hieß doch Entzündung.

Er parkte direkt vor dem alten Wachtturm, auf dem Deich. Von hier oben konnte er das Schiff bereits sehen, es lag am Westufer und wurde nicht beladen. Es ruhte. Jens verspürte nicht genug Kraft, um zu laufen, er trottete nur den Deich hinab, bis das Schild vor ihm auftauchte:

«Motorschaden. Fährbetrieb bis auf weiteres eingestellt.» Nicht mal einen ganzen Satz konnten die Arschgeigen bilden – kein *leider*, keine Bitte um Verständnis. Er sah drüben jemanden am Anleger, aber die Elbe war hier bestimmt zweihundertfünfzig Meter breit, bei diesem Wind brauchte es schon Megaphone, um sich zu verständigen. Oder Posaunenchöre, wie sie auch dieses Jahr am Mittag des dritten Oktober an beiden Ufern gestanden hatten. Sieben Wochen lag das zurück. «Du kannst doch auch mal mitkommen an' Anleger», hatte seine Mutter gesagt. In Göttingen hatte Jens noch nicht mal seine eigenen Geburtstage gefeiert, keinen seiner Redaktionskollegen hatte er je eingeladen – aber Martha hatte sich fest vorgenommen, den Tag der Einheit in diesem Jahr mit ihrem Sohn zu begehen. Und sie hatte nicht lockergelassen, bis er hinter Ludwig und ihr im Auto saß.

Die Fähre war nur so hin und her geglitten, viele Familien hatten sich auf beide Ufer verteilt, um das erste Wiedersehen von neunundachtzig nachzuspielen. Vor seinen Augen fielen sie sich in die Arme, als machte erst eine solche Überfahrt die vierzig Jahre lange Trennung der Gemeinde spürbar. Eine grässliche Überheblichkeit lag in dieser Schauspielerei. Aber erst viel später war Jens darauf gekommen, warum er sich persönlich davon angegriffen fühlte. Er war nicht dabei gewesen. Nicht am 9. November, nicht am 13. November, an dem das Sperrgebiet offiziell abgeschafft wurde, auch nicht zwei Wochen später, als die Fähre erstmals wieder übersetzte, als Arme und Fahnen an beiden Ufern geschwenkt wurden, und seine Eltern standen auf dem Deich und schlürften Kaffee mit den ersten Wessis, die ins Dorf kamen.

Die Fähre lag einfach da.

In seinem Rücken drückte sich die Sonne durch Wolken, und das Licht wurde stofflich, legte sich Meter für Meter übers Wasser. Weil der Wind kaum nachließ, glitzerte die Elbe schöner als jedes Abendkleid, Tausende Pailletten blinkten und blitzten einem entgegen. Am Westufer blieb es schattig.

Ihm fiel ein Eintrag aus dem alten Gästebuch des Deichkrugs ein: Jemand schrieb darin, dass er sich von der Elbe zu Ostzeiten «die Kraft aus Gottes Schöpfung geholt» habe.

Es gab nicht nur den gleichmütigen, alle Menschen überholenden, dahinfließenden Strom. Nicht nur die silbernen Münzen, die auf der Oberfläche funkelten. Es gab auch die Tiefe, in der die Elbe aufbewahrte, was die Menschen an ihren Ufern erlebt hatten.

Jens faltete die Hände hinterm Kopf. Motorschaden. Reichte das etwa, um ihn in die Knie zu zwingen? Das Ruderboot, das im Schilf lag, konnte er nicht nehmen, dazu war die Strömung zu stark. Gerade glitt ein Tanker vorbei, schwarz mit weißem Schiffsrand. Fast lautlos, ohne Namen. Dass ein anderer mit dieser Ruhe über die Elbe fuhr und er womöglich unverrichteter Dinge abziehen musste …

Schnell ging er die Straße hinauf, ließ den Deich hinter sich. Er klingelte am ersten Wohnhaus von Neu-Bracke, das überhaupt bloß aus sechs Höfen bestand. Ob ihm irgendwer ein Motorboot leihen könne. Er habe keins, erwiderte der Hausherr.

«Und wo kann ich eins bekommen?»

«Keine Ahnung.»

Jens sagte leise: «Sie müssen doch wissen, wer hier ein Boot hat.»

«Wer sind Sie denn überhaupt?»

Jens erzählte, was ihm gerade widerfuhr, dass er eine Kneipe übernommen habe und …

«Ach, Stolpau, ach, der Sohn von Ludwig», der Mann streckte ihm doch noch die Hand hin.

«Ja, Tach.»

«Versuchen Sie's mal drüben beim Maulwurf.»

Er zeigte mit dem Finger aufs Haus schräg gegenüber.

«Danke. Vielen Dank.»

Der Maulwurf hieß Lübberstedt und musste dreifach entriegeln, stand dann im Bademantel in der Haustür, vor den Augen die dicksten Brillengläser, die Jens je gesehen hatte. Während er sich die Geschichte von der Fähre anhörte, griff er hinter sich eine Packung vom Schlüsselbrett und entnahm ihr eine Kopfschmerztablette. Er bat um einen Moment, ging zur Toilette, füllte sich ein Glas unterm Hahn. Als er das Wasser getrunken hatte, sagte er: «Sie werden es nicht glauben, Herr …»

«Lewin.»

«Herr Lewin, aber mein Boot hat auch 'n Motorschaden. Man kommt ja zu nix.»

Der letzte Satz hätte aus dem Mund seines Vaters stammen können. Jens drehte sich einfach um, ohne ein Wort zu sagen.

Eine Autofahrt bis zur nächsten Elbbrücke in Lauenburg und von da nach Alt-Bracke hätte ihn den halben Tag gekostet. Das musste er auf morgen verschieben. Wenn er da nicht im Bett lag. Rotzfahne nach Rotzfahne fiel auf den Boden vor dem Beifahrersitz. Er hatte kehrtgemacht, fuhr wieder zurück.

Das Auto passierte die «Weiße Stube», ein wirklich imposantes Gebäude, weißgestrichenes Holz, sogar mit einer großen überdachten Veranda wie in den Südstaaten Amerikas. Die Pension hielt große Bettenzimmer für Schulklassen und Fahrradfahrer bereit, war aber schon seit September geschlossen, wartete auf den nächsten Sommer. Schrecklich, dass das alte Ehepaar marktwirtschaftlich so unterbelichtet war, Jens hatte sich gerade erst auf der Sitzung des Tourismusausschusses mit ihnen angelegt. Er fand ja, dass solche ideenlosen Menschen der Region die Zukunft nahmen.

Dicke Regentropfen knallten vereinzelt auf die Windschutzscheibe. Wieder surrte ihm so ein Wort durch den Kopf: Wann hörte die Welt bloß auf, die schnellen, massigen Wolkenverschiebungen *Aprilwetter* zu nennen? In Stolpau gab es das ganze Jahr über diese Tage, an denen der Himmel einem sein ganzes Talent zeigte. Schwarz, Grau, Weiß, Blau in allen Stufungen, Brüchen, Verwischungen. Hell hatte sich eben noch der Himmel in der Elbe gespiegelt – jetzt zog sich die Außenwelt zu einer Schachtel zusammen, die kaum größer war als das Auto, in dem er saß. Die Wasserflächen auf den aufgeschwemmten Feldern verschwanden im Dunkel, dann die Felder selbst. Der Regen setzte ein, und nach einer Minute stand die Straße unter Wasser.

Er nahm noch wahr, dass die Koppel am Reiterhof neu umzäunt war. Davor ging es in eine besonders scharfe Kurve, dahinter war vor lauter Regen nicht mehr als ein weißer Straßenpfosten zu erkennen, der nachts das Licht reflektierte. Sinnlos, sich bis zur Scheibe vorzubeugen. Sinnlos, die Scheinwerfer einzuschalten. Lewin ging vom Gas, bremste, stand. Weltuntergänge erfordern eine Ruhe, dachte er, die du nie besitzen wirst. Deshalb beschlägt auch deine Frontscheibe sofort von innen. Deshalb machst du auch dein Warnblinklicht an.

Der Regen fiel schnell und schwer, jeder Tropfen schien einen Krater in den Asphalt zu schlagen, den der nächste Tropfen umgehend zerstörte. Plötzlich sah Jens einen Schemen vor sich auf der Straße. Er wischte mit dem Ärmel auf der Scheibe herum. Tatsächlich. Vor ihm im Platzregen stand ein junges Reh. Erst zeigte es ihm sein zartes Profil, dann drehte es Jens den Kopf zu, schließlich den ganzen Körper.

Bei der Bewegung, mit der er beim Abschnallen den Gurt zur Seite streifte, wich das Reh zurück und setzte auf der anderen Straßenseite mit einem lockeren Sprung über den Graben. Jens stieg trotzdem aus. Damit beschleunigte er nur die Flucht des Tieres. Er war sofort klatschnass, aber er wollte es nicht verlieren, strich das Buchengeäst zur Seite und sah zu, wie das Reh ins Naturschutzgebiet sprang, immer kleiner wurde, im diesigen Grau abtauchte. Acker um Acker hatte das Land Niedersachsen den Bauern hier vor ein paar Jahren abgekauft, als Rastfläche für die Zugvögel.

Kein Vogel flog auf.

Jens setzte sich in den Wagen, Regenwasser lief aus den Haaren aufs Lenkrad. Über der Straße hellte sich der Himmel auf, nur um eine Nuance von Grau. Er drehte den Zündschlüssel, wendete den Wagen in drei schnellen Zügen und nahm die nächste Abzweigung ins Landesinnere. Er überquerte einen Kanal, wusste, dass im nächsten Dorf vor spielenden Kindern gewarnt wurde, und fuhr doch viel zu schnell über das Kopfsteinpflaster.

Kein Mensch war draußen.

Er fuhr an einem ausgedünnten Nadelforst entlang, die nassen Kiefernstämme glänzten kupferrot, metallisch. Der Regen hatte nicht nachgelassen, sondern abrupt geendet. Ein Dorf weiter drosselte er das Tempo, richtete den Blick auf die Gebäude am rechten Straßenrand. Hinter der alten Kommandantur, die er nur noch am großen Vorgarten erkannte, bog er rechts ab auf einen Sandweg, der schräg auf das Wäldchen zurückführte, das er eben hinter sich gelassen hatte.

Er parkte davor.

Rostiger Stacheldraht auf den offenen Torflügeln. Zierdornen. Zuerst sah er das Wort NEVERMIND, das groß auf die Fassade des Hauses gesprüht war, auf diesen fünfzig Meter breiten Betonkasten mit Erdgeschoss und zwei weiteren Etagen. *Ein Herr Jablonski hat Sie schwer belastet, Herr Lewin …* NEVERMIND. Er lächelte. Das hätte man ihnen gerne an den Kopf geworfen.

Der Garten war überwuchert von allem, was wehtat. Brennnesseln, Disteln, eine dieser widerlichen Herkulesstauden, die ihm in der Jugend Brandblasen am ganzen Arm zugefügt hatte. Aber auch viel Moos und hellere, luftige Flechten. Ansonsten Müll, wohin man blickte. Fässer für Motorradbenzin machte er aus, er trat auf eine durchgeweichte Platzpatronenschachtel, drehte mit dem gleichen Fuß eine Zeitung, die unter das Vordach einer Garage geraten war – die «Volksarmee» aus der zwölften Woche des Jahres 1990. Jens Lewin bückte sich und sah einen Artikel über die Verschrottung des OKA-Raketensystems in Demen bei Schwerin. Auf der nächsten Seite waren die Ergebnisse der Volkskammerwahlen vom 18. März abgedruckt.

Kein einziges Fenster des Hauses schien noch verglast zu sein. Lewin ging die drei Treppenstufen des kleinen Portals hinauf. Licht und Wolken spiegelten sich im Glasbruch auf dem Flur. *Sie fragen sich sicher, wie's jetzt weitergeht.* Pause. *Aussiedlung ist immer eine Möglichkeit.* Pause. *Ihre Mutter lässt aber ausrichten, sie geht nicht nach Thüringen. Eher würde sie sich, na, Sie wissen schon …* Scherben, Mauerstein und Putz, halbe Stühle und Tischplatten bedeckten das Linoleum fast vollständig, Stromkabel hingen vor den Wänden und die Dämmung derart von der Decke, dass er den Eindruck hatte, der Korridor sei zu einem schmalen Schlauch geworden.

Jens ging nach rechts, sah in die Zimmer. Hier gab es

Gitterstäbe vor den herausgebrochenen Fenstern. *Wir verstehen, dass du stolz bist, ein Theaterstück, ganz alleine von dir verfasst, Junge …* Jemand hatte eine Flex angesetzt, einen der Stäbe unten abgesägt, dann aufgegeben. Jens stellte sich einen Grenzer vor, der unter dem offenen Fenster lauschte, was er hier drinnen zu erzählen hatte. Vielleicht, weil er sich an alles erinnern konnte, nur nicht an einen Protokollanten. Die ersten Verhöre mit ihren Fragen, Verhöhnungen, Drohungen – in diesem Zimmer! Zwei Menschen hatten ihre Mäuler geöffnet und Projektile abgeschossen, von denen viele seitdem in seinen Schläfen steckten. *Wissen Sie, wenn Sie unsern Staat mit Dreck beschmeißen wollen, dafür haben wir Orte, da sind noch ganz andere gelandet …*

Er nahm die Treppe in den Keller und fand die Duschräume der Grenzer. Auf die gekachelte Wand hatte jemand einen Teufel gesprüht. Vor dem Heizkessel nebenan lagen die Überreste einer Katze. Im nächsten Raum zog sich ein Schimmelpilz über Decke und Wand, der so groß war wie ein Erdteil auf einer Schullandkarte. Durchgeweichte Kartons lagerten hier, Jens stippte mit der Fingerspitze einen Deckel auf und fand übereinandergestapelte Bücher, alle identisch. Vielleicht die gesamte, vom Militär aufgekaufte Auflage eines Buches, das zwar gedruckt sein musste, das aber niemand lesen durfte. Er berührte das oberste Buch, kurz darauf griff er sich mit derselben Hand angeekelt in den Hosenstoff.

Die Türen schienen überall herausgebrochen worden zu sein, auch die der beiden Räume, die Jens Lewin besser kennengelernt hatte. Souterrain. Kleine vergitterte

Fenster. Er stand vor der Arrestzelle, einer zwei mal drei Meter kleinen Kammer mit Heizungsrohr, das hoch genug hing, um jedem, der bis hier gekommen war, unmissverständlich anzubieten, auch noch den nächsten, den letzten Schritt zu gehen. An die Wand gelehnt die Zellentür mit Durchreiche. Am Jahrestag der DDR aus der Regentonne gezogen, hatte Jens Lewin drei Nächte hier abgesessen, und da – er ließ den Blick in die identische Nebenzelle gleiten – saß er ein Jahr später die anderen drei Nächte, bevor man ihn nach Berlin fuhr, genau in jenen Gebäudekomplex, dem auf den Stadtplänen ein grauer Fleck entsprach. Vom Sperrgebiet ins Sperrgebiet.

Er ging die Treppe hinauf, zurück ins Freie. Da gab es noch den Trakt mit den Hundezwingern, deren ebenerdige Ein- und Ausgangsluken eine auffällige Ähnlichkeit mit den Essensdurchreichen für die Gefangenen hatten. Dann die Motorradunterstände, drei große Garagen, eine davon mit einer Ausschachtung, die die Arbeit am Unterboden der Fahrzeuge erleichterte und jetzt bis oben hin zugemüllt war. In den Garagen war die Wandfarbe abgeblättert, der Putz bröckelte, davor lagen weitere nummerierte Türen herum. Wer sollte das auch wegräumen, die ehemaligen Grenzer etwa, oder die Sieger der Geschichte? Ein Grenzverletzer, ein Saboteur wie er? Lewin schnaubte in sein feuchtes Taschentuch. Kalte Füße hatte er auch.

Auf diesem Gelände würde die Uhr nie mehr zurückgestellt werden, dachte er, etwas war zu Müll geworden und würde Müll bleiben in alle Ewigkeit. Vor der Garage ein Heft, das einmal grün geleuchtet haben musste: «WACH-

SAM UND KAMPFENTSCHLOSSEN. Für die politische Schulung der Grenzsoldaten». Ein solcher Soldat war auf dem Titelblatt abgebildet, hielt ein Fernglas fest mit beiden Händen auf Höhe seines Kehlkopfes, aber sein Blick, direkt in die Kamera gerichtet, wirkte eher trüb als kampfentschlossen. Das frostige Grenzland im Hintergrund des Bildes war verblasst, der Winterhimmel darüber war zunächst von der Sonne der letzten sechzehn Jahre gelb gebleicht worden, dann hatten sich schwarze Schimmelpunkte darauf ausgebreitet.

Wollte er dieses Heft öffnen, musste er sich schon hinunterbeugen, denn das Papier war nicht nur vielfach gewellt, die Seiten hielten auch zusammen, als bewahrten sie ein Geheimnis. Mit den Fingerspitzen löste er irgendwo zwei Blätter voneinander, der Text war mit «Grenztruppen und Grenzbevölkerung im engen Miteinander» überschrieben. «Inzwischen», las Jens, «gibt es in einigen Orten so etwas wie eine Familientradition. Beispielsweise bei den Manegolds in Thüringen. Dort leisten Vater und Sohn als freiwillige Helfer eine anerkennenswerte Arbeit.» Er drückte sich aus der Hocke hinauf und kickte das Heft in Richtung Ausschachtung. Es fiel noch im Flug auseinander.

Jens ging noch einmal in die Kaserne, blickte aus dem Fenster, bildete sich ein, für einen Moment die Elbe und ihre Lichtreflexe zu sehen, hörte eine Stimme vom Feld herüberwehen, an seinem Ohr vorbei, die Stimme seiner Frau: «Was ist denn?» Immer insistierender, lauter die Frage, sich überschlagend: «Was ist denn, Jens?» Wie oft hatte sie wissen wollen, was mit ihm los war. Wie oft hatte er sich ihr entzogen. Sie verunsicherte ihn damit, sah sie das nicht, hörte sie das nicht?

Er ging ziellos durch die Flure. Hinauf in den zweiten Stock, obwohl er dort oben nie gewesen war. Von Westen fiel jetzt steil die Sonne ins Gebäude. Jens wunderte sich, warum auch diese Fenster vergittert waren. Er ging ganz nach rechts durch, da öffnete sich auf der anderen Seite des Ganges unter Quietschen eine Tür, und er sah, wie sich etwas aus einem der Räume schob. Jens trat in das nächste Zimmer ein, fasste sich mit der Hand an die Stirn.

Weit entfernt hörte er knirschendes Glas.

Jemand bewegte sich.

Was ist denn.

Anne.

Er konnte nicht rufen.

Eine weitere Scherbe, ein weiterer Schritt.

Wieder Stille.

Unendlich langsam kamen die Geräusche näher. Jens schlich vor bis zum Fenster, zog an den Gitterstäben. Seine Halsschlagader zuckte. *Junge, du willst doch nicht alles auf die Bücher schieben, was? Hast du das geschrieben oder nicht?* Pause. *Na also.* Er drehte sich in den Raum und stieß mit dem Rücken gegen die Stäbe. Mehrmals. Das Schlurfen vom Flur. Anne. *Jetzt mal langsam und von vorn: Wo hast du denn überhaupt die Idee her, dir Alufolie vor die Wände zu kleben? Junge, ich rede mit dir.* Noch einmal knackte Glas. *Und wo wolltest du denn Alufolie besorgen?* Jemand trat in den Raum, schleppte sich auf zwei Krücken auf ihn zu und erhob die eine gegen ihn. Es war eine alte Frau. Sie trug Hausschuhe aus

Filz, einen Rock und ein viel zu großes, rotes Jackett, an dessen Revers zwei Orden hingen. Sie war so klein, als würde sie jetzt im Alter wieder zum Kind werden, bald schon als Baby verschwinden.

«Was machen Sie hier?», fragte Jens. Die Alte lehnte sich an den Türrahmen und senkte die Krücke. Ihr Mund begann zu zittern, sie wollte antworten und konnte es nicht. Er machte vier schnelle Schritte und hatte beim fünften, als er sie passierte, doch solche Angst vor ihr, vor einem Schlag mit den Krücken, dass er aus dem Gleichgewicht geriet und sich am Türrahmen abstoßen musste.

Er lief den Gang hinunter bis zu jener Tür, aus der sie getreten war. Hier waren Glasscheiben in den Fenstern, aber der Raum war weder wärmer noch aufgeräumter als die anderen. Risse zogen sich über die Decke. Ein Laken war über ein altes Sofa gebreitet, darauf ein Schlafsack, aus dem Daunen quollen. Vor einem der Fenster stand ein Nähtisch, an der linken Wand waren große Stoffrollen übereinander aufgeschichtet wie Baumstämme. Diese Rollen nahmen mindestens ein Viertel des Raumes ein. Auf dem Boden lag kein Teppich, sondern eine Inselgruppe kleiner flauschiger Badezimmermatten. An der rechten Wand hingen zwei Farbfotografien.

Er trat heran und meinte auf einem der Bilder die noch viel jüngere Frau zu erkennen, sie hatte sich bei einem Offizier der Grenztruppen untergehakt. Mit dem Blick auf das andere Bild kam die Übelkeit. Es war das Porträt desselben Mannes.

Jens stürmte hinaus, genau in der Mitte des Flures,

wo die Treppe hinabführte, traf er auf die alte Frau. Erschöpft beugte sie ihren Oberkörper über die Krücken. Im Laufen sah er vom ersten Treppenabsatz aus noch einmal zu ihr hinauf. Ihr rechtes Auge reflektierte das Licht, als sei es aus Glas.

NEVERMIND, wollte er ein zweites Mal lesen, aber als er, schon fast am Auto, über die Schulter nach hinten blickte, las er: NEVERLAND. Das Land der ewigen Jugend? Jens begann am ganzen Körper zu zittern. Was für eine grausame Verhöhnung.

Im Dorf fielen ihm vor einem Gebäude die eckigen Betonpfeiler auf – kleine Ausgaben der tief im Boden versenkten Zaunpfosten auf dem Stolpauer Deich. Auf dem offenen Feld am Ortsausgang stand, in den deutschen Landesfarben angestrichen, ein Spanischer Reiter. Jens zog Schleim hoch und rotzte ihn aus dem Fenster, als im Augenwinkel schon ein Hühnerstall vorbeihuschte, der komplett aus dem Streckmetall des Grenzzauns errichtet war. Es kam ihm vor, als sähe er so einen Stall zum allerersten Mal. *Etwas dort verwenden, wo's nicht genuch davon gibt, das ham wir hier gelernt … das is der Osten*, hörte er seinen Vater sprechen. Er erinnerte sich, als kleines Kind dabei zugesehen zu haben, wie der Grenzzaun ersetzt wurde. Das Wetter hatte ihn nach ein paar Monaten ruiniert, er war völlig verrostet, ein Milliardenverlust, und damals sprach sein Vater fast poetisch: *Rost ist die Scham vor der eigenen Madderialschwäche.*

Der nächste, der stand bis zum Schluss, einwandfrei. Aus dem hatten sie später ihre Gartenzäune und Hühnerställe gebastelt. Jens trommelte auf dem Lenkrad herum. Er hätte widersprochen, wenn er dabei gewesen wäre. Wer war denn auf die Idee gekommen, das Ganze für die Hühner wieder aufzuziehen? Die Hühner, hatten die damals ihre Dienste eingestellt, hatten die etwa keine Eier gelegt für die Revolution?

In Kahlendorf war jede Menge Erde von den Hängern auf die Straße gefallen. An den knorrigen, knotigen Apfelbäumen war gesägt worden, sie zeigten ihre frischen, roten Schnittwunden. Die Taschentücher waren alle. Er strich sich die Nase einfach am Ärmel seines Pullovers ab, wie er es als Kind getan hatte: *Häuptling Silberfaden* hatte ihn Ludwig dafür gerufen. Immerhin war man ohne Geschwister immer der Häuptling.

Er bog auf die Allee ab, an der die schlankeren Birnbäume standen, sie streckten ihr Geflecht ins Gegenlicht. Jens fuhr jetzt direkt westwärts. Über dem Fluss hing ein heller Streifen. Die Sonne setzte sich gerade wieder durch.

Motorschaden. In jedem Fall trug sein Vater eine Mitschuld, dachte Jens. Wenn Bendorf sich wirklich an der Kasse bedient hat, dann hätte man ihn zur Rede stellen müssen. Aber ihn einfach auf die Straße setzen? Ludwig konnte einfach keine Konflikte austragen, jedenfalls nicht so, dass die Luft danach auf beiden Seiten gereinigt war. Wie viele Schlüssel es wohl für die Fähre gab? Ob er die Schwägerin des alten Wiechert bitten konnte, sich die Sache mal genauer anzuschauen? Irgendwie musste sich der Betrug doch aufdecken lassen.

Im Deichkrug saßen fünfzehn Gäste beim Essen. Die Beistelltischchen waren mit Heugarben drapiert, sogar die Erntekrone, die Ende September wegen des Umbaus noch nicht zum Einsatz gekommen war, hatten seine Eltern für das Thanksgivingessen hervorgeholt und an die Decke gehängt. Jens ging die Tische ab. Das wirkte. Runterkommen, den eigenen Energiepegel senken, indem man sich nach dem Wohlbefinden der anderen erkundigte. Alles war «prima», schmeckte «ausgezeichnet», sogar «ganz toll, Jens!».

Drei Männer saßen am Tresen und tranken Bier. Er lief an ihnen vorbei in die Küche, drückte seiner Mutter, die an den Pfannen stand, einen Kuss auf die Stirn. Anne schnitt vorgekochte Kartoffeln in Scheiben. Jens senkte den Kopf, um einen Blick zu erhaschen. Sie lächelte nur kurz, verdrehte die Augen und deutete mit kurzen Kopfbewegungen in Richtung Tresen. Jens war noch nicht ganz aus der Küche getreten, da kam ihm schon die Stimme entgegen:

«Na, bist du rübergeschwommen und has' den Kahn wieder flottgemacht?»

Links lachte der Schuhmacher aus Neuhaus, rechts saß Koppen, ein verhaltener junger Bauer, der zu den wenigen Selbständigen im Landkreis gehörte. Er hatte den vergammelten Hof seiner Eltern vor ein paar Jahren übernommen und war noch in keine Genossenschaft eingetreten.

«Sie dürfen austrinken und dann bitte rübergehen, Herr Brüggemann.»

Der Mann in der Mitte setzte ein Grinsen auf, und es

war so unverschämt siegesgewiss, dass Jens kurz schwarz vor Augen wurde. Er beugte sich über die Tresenplatte:

«Verlassen Sie sofort den Gasthof.»

Fünf Sekunden passierte gar nichts. Der Alte sah ihn nicht mal an. Aber er hörte nicht auf zu grinsen. Da schnellte Jens Lewin hinter dem Tresen hervor, stand schon in Brüggemanns Rücken, packte ihn am Kragen und zerrte ihn vom Barhocker. Hans Brüggemann holte aus und schlug ihm mit voller Wucht vor die Brust: «Was nimmst du dir raus, Junge!», rief er, griff sich sein halbvolles Bierglas am Stiel und zerschlug den Kelch auf dem Tresen. Jens Lewin verpasste dem alten Mann daraufhin ansatzlos eine Ohrfeige, trieb ihn mit drei starken Stößen vor sich her, schmiss ihn gegen die Tür des Windfangs, wobei sich der Stiel des kaputten Glases in dessen Handballen bohrte. Der Wirt riss die Tür auf, dann die Außentür des Gasthauses, stieß den Alten hinaus in die Novemberluft. Aus der tiefen Schnittwunde in Brüggemanns Hand floss Blut.

«Das allerletzte Mal hab ich Sie heute da drinnen gesehen. Ist das klar?» Jens zog Rotz hoch und spuckte aus. Dann griff er Brüggemann erneut am Kragen. Der Alte war ein zäher Bauer, der sein Leben lang angepackt hatte, aber gegen Jens' Jähzorn war er chancenlos.

«Ob das klar ist?», brüllte Lewin.

Brüggemanns Hände hingen schlaff herunter. Angewidert schaute er zur Seite. Nur das Blut, das im Sekundentakt auf seine verstärkten Schuhkappen tropfte, war zu hören.

«Es ist völlig unerheblich, was meine Mutter darüber

denkt. Sie haben hier Rücksicht auf mich zu nehmen! Haben Sie das verstanden?»

Lewins Hand begann zu zittern. Einmal losgelassen, drehte sich Hans Brüggemann sofort um und ging, so schnell er konnte, auf sein Haus zu.

Anne stand am Fenster. Sie hatte alles gesehen.

acht

Jo fuhr über die Bergedorfer Autobahn, dann die Landstraße über Geesthacht und Lauenburg. Erreichte Laura nicht auf dem Handy. Wurde mit jedem Kilometer unruhiger. Zuletzt war es seinem Großvater doch bessergegangen, er hatte gespürt, wenn er gewaschen wurde, Lauras Hilfe endlich widerstandslos angenommen.

Schrecklich, dass er am Telefon noch immer das Kind war. Sein Vater machte Andeutungen, klang bedrückt, hatte sogar gejammert, ohne dass Jo nachfragte, worüber. «Nu komm erst mal her», hatte Hans gesagt und aufgelegt.

Ganz in der Nähe eines Landgestüts wetzte hundert Meter vor ihm ein fettes Wildschwein über die Straße. Stockfinster war es außerhalb seines Scheinwerferkegels, die kleine Uhr neben dem Tachometer zeigte nicht mal neun. Jo hielt beide Hände am Lenkrad, er fuhr viel zu schnell.

Und er preschte auch auf den Stolpauer Hof. Als er die Haustür aufschloss, stand sein Vater vor ihm im Flur, winkte ihn in die Wohnstube. Im Lampenlicht sah Jo, dass Hans' linke Hand bis zu den Fingerknöcheln verbunden war.

«Was hast *du* denn gemacht?»

Hans winkte mit der anderen Hand ab.

«Darum geht's nicht.»

«Was is mit ihm?»

«Hmm?»

«Ist was?» Jo zeigte nach oben.

«Er schläft schon, glaub ich.»

«Was ist *denn dann*?»

«Weißt du, was ich gesehen hab?»

Jo schüttelte leicht den Kopf.

«Schelladler. Zwei Stück. Vorgestern. Viel schmalerer Schnabel als bei den Seeadlern. Eindeutig.»

«Is das dein Ernst jetzt?»

«Die sind überhaupt nicht eingetragen. Pass auf, ich hab Fotos auf'm Computer.»

Er winkte Jo hinüber an seinen Arbeitstisch, auf dem der große Flachbildschirm stand. Der Ordner mit den Novemberbildern war schon geöffnet. Hans klickte sich mit der Maus durch die Fotodateien, wobei er Vogelnamen vor sich hin murmelte, Eisvogel, Wasserralle, ganz vertieft war er, Raubwürger, Nonnengans. «Da, das sind se!» Jo beugte sich vor, auf dem Bildschirm waren kaum mehr als zwei dunkle Striche vor grauem Himmel zu erkennen.

«Ohne richtigen Zoom, ich hatte nur die kleine Kamera dabei. Aber im Fernglas – ganz klar Schelladler. Das erste Mal. Ich werd sie morgen gleich annoncieren.»

«Tu das, Papa. Aber das kann doch nicht alles … –»

«Ich will den Naturschützern das Ganze noch dieses Jahr zukommen lassen. Wir müssen jetzt mal hinnemachen.»

Jo sah ihn an, lange. Dann ging er ohne Worte zum Schrank, um die Schnapsflasche herauszuholen.

«Im Dezember haben die doch ihre Weihnachtsfeiern. Denn liegt das da wieder rum. Die sollen das vorher noch sichten. Jedenfalls reingucken. Endspurt, verstehst du? Dass das rausgeht.»

Jo goss zweimal ein und gab ein Glas seinem Vater, der aus dem Sessel zu ihm aufblickte. Jetzt war Hans das Kind, das fühlte sich genauso schrecklich an.

«Wenn was oben mit ihm wär, das hätt ich dir doch wohl gesagt.» Hans kippte den Schnaps. «Du den Vogelzug, ich die Einleitung. Und dann ist der Atlas endlich fertig.»

Hans beugte sich vor und erklärte seinem Sohn kleinteilig, was dieser noch zu tun habe. Vor allem gebe es eine Aufnahme – und er holte eine CD hervor –, auf der die aktuellen Thesen zum Vogelzug in einem langen Vortrag gebündelt, also leicht auszuwerten seien.

«Die hättst du mir auch schicken können.»

«Vielleicht willst du ja morgen schon anfangen.»

«Ich hab grad ein paar Tage freigenommen, ab nächsten Donnerstag. Aber nicht deshalb.»

«Sondern?»

«Sondern weil ich Ruhe brauche.»

«Aha.»

Spater zeigte ihm Hans die Fotos seiner letzten drei Touren, aber nicht im Schnelldurchlauf, sondern mit ausführlichen Kommentaren zu den Vögeln und den Beobachtungsgebieten. An einiges erinnerte sich Hans, vieles las er aus seinem Notizheft vor, das er unterwegs immer bei sich trug. Als Jo ins Obergeschoss stieg, hatte er drei speisekammerwarme Bier und vier Kurze hintergekippt. Er stellte sich vor, dass Hans, weil er den Balzruf zu schlecht nachgeahmt hatte, von einem Greifvogel gehackt worden war. Jedenfalls hatte sein Vater ihm auch auf die zweite Nachfrage hin nicht gesagt, warum er diesen Verband trug.

Schon am nächsten Morgen erfuhr Jo es. Hans saß am Schreibtisch, er selbst mit der gestrigen Schweriner Zeitung und Kaffee in der Küche, als es an der Haustür klingelte. Durch die länglichen gelben Scheiben der Tür sah Jo, dass da zwei Personen warteten, und als er öffnete, schäumte ihm zuerst ein leuchtendes Blumenbukett entgegen. Astern, Chrysanthemen, bisschen Farnkraut.

«Ach», sagte Martha, am Papier raschelnd. «Wir wollten zu Hans.»

Verwundert ließ Jo die beiden ein. In der Stubentür schob sich Martha vor ihren Ehemann:

«Hans, wir wollten mal gucken, ob alles … Wir ham dir 'n Strauß gepflückt.»

Jo stand hinter Ludwig und Martha im Flur, er konnte nicht an ihnen vorbei.

«Is genäht worden, oder?», fragte Ludwig.

«Sechs Stiche», kam es aus der Stube.

Martha wusste, dass noch was kommen würde, sie kannte Hans Brüggemann zu gut, der brauchte immer erst ein bisschen Zeit, um seine Fäuste zu ballen, und dann schlug er zu.

«Ihr habt euern Sohn noch nie im Griff gehabt», sagte er jetzt.

«Na ja, er war wohl ’n bisschen aufgewühlt, mit de Fähre un so. Du weißt doch, wie empfindlich er is.»

«Der war nicht aufgewühlt oder empfindlich, der war weggetreten!», rief Hans, stand aber wenigstens von seinem Stuhl auf und kam näher.

«Stell se man gleich ins Wasser», sagte Martha. Hans blieb kaum etwas übrig, als seiner Nachbarin die ihm hingestreckten Blumen aus der Hand zu nehmen.

«Was sacht denn der Doktor?», fragte Ludwig.

«Is nix. Bin bloß böten schwach auffe Beine.»

«Na ja, sechs Stiche und is nix?»

«Ihr könnt mal hochgehn», sagte Hans. «Er freut sich», der Hausherr legte dazu den Kopf in den Nacken.

«Stimmt, wir warn lange nich oben», sagte Martha.

Jo blieb ein stummer Zeuge der Szene. Er sah, wie die Lewins die Treppe hinaufgingen. Er hatte immer noch die Zeitung in der Hand.

Fünf Tage später, am Freitagmorgen um neun, stieg Jo Brüggemann in Dresden in den Zug. Er saß am Fenster, Notizblock und Stift vor sich auf der Ablage. Unten glitt die Elbe, über ihm der Sandstein dahin. Lange blieb er allein im Abteil, doch hinter der Grenze nahmen zwei alte Tschechinnen an verschiedenen, kurz aufeinanderfolgenden Stationen ihre reservierten Plätze ein. Sie unterhielten sich so lebhaft miteinander, als seien sie verabredet gewesen, im Augenwinkel sah Jo sie gestikulieren.

Jo nutzte den MP3-Player zum ersten Mal, er war bemüht, die kleinen Stöpsel optimal in seinen Ohrmuscheln zu platzieren, ohne dass es schmerzte. Das Gerät war ihm kurz vor der Reise geschickt worden, als Prämie für das Probeabo einer Zeitung. Was er sich darauf anhörte, war die komprimierte Version der CD, die ihm sein Vater letztens gegeben hatte.

Die Stimmen der alten Damen im Abteil legten sich unter die Stimme des vortragenden Vogelforschers, als wäre es dessen Simultanübersetzung. Immer wieder musste Jo die Pausetaste drücken, um die Gedanken des sehr schnellen Redners nachzuvollziehen und sich eine Notiz zu machen. Die Tonspur mit den beiden Damen lief dann einfach weiter.

«Sonne, Sterne, Erdmagnetfeld», schrieb er auf, denn gerade war von den Orientierungssystemen der Vögel die Rede gewesen. Jo hatte seinen Blick stur aus dem Zugfenster gerichtet und die Lautstärke des Gerätes längst so weit aufgedreht, dass das Rädchen seinen Anschlag erreichte.

Draußen brannte ein Mann seine Weinstöcke ab, viele Gärten weiter reizte ein Kind seine Schaukel aus, als wolle es gleich zum Flug ansetzen. Es hieß jetzt, ein Vogel komme mit einem Vektor auf die Welt, Zugrichtung und Zugzeitprogramm seien genetisch festgelegt.

Also doch nicht die Sonne, die Sternbilder. Jo klickte sich zurück und hörte die ganze Passage noch einmal. Der Forscher bezog sich darin auf Beobachtungen in Orientierungskäfigen. Dahinein – es waren sehr kleine achteckige Volieren, deren Boden und Plexiglaswände mit Tipp-Ex-Blättchen ausgekleidet wurden – setzte man Vögel, um ihre Zugunruhe abzulesen. Denn die schlugen nachts wie wild mit den Flügeln und zerkratzten das beschichtete Papier dann vornehmlich in der Himmelsrichtung, in die sie gerne ziehen wollten.

Die doppelte Rede vom Vogelforscher und seinen tschechischen Übersetzerinnen war auf Dauer nicht zu ertragen. Jo setzte sich auf einen der Klappsitze im Gang, wo er bald merkte, dass auch der Vortrag allein ausreichte, um ihn zur Verzweiflung zu bringen. Ein Vogelversuch nach dem anderen wurde zusammengefasst: Sumpfgrasmücke im Käfig, Sumpfgrasmücke mit Zeitumstellung, Hausrotschwanz mit und ohne Zeitumstellung, Gartenrotschwanz mit Scheinwerfern, Eichelhäher im künstlichen Magnetfeld. Es nervte ihn, dass sein Vater die gesamte Fachliteratur dazu gelesen hatte, sich aber nicht die Zeit nahm, den Vogelatlas eigenständig, in *seinem* Tempo zu beenden. Lag wohl an Hans' Genpool. So wie bei den Vögeln anscheinend alles am Genpool lag.

Jo dachte an den geladenen Zaun, an seinen eigenen Orientierungskäfig im Obergeschoss des Elternhauses. Ob er auch die westliche Wand seines Zimmers zerkratzt hatte? Musste er mal nachsehen, ob man da noch Spuren fand. Er dachte an die Nächte auf dem Wachtturm. Wie sie Pogo getanzt hatten.

Er hatte nur eine weitere CD abgespeichert, tippte auf dem MP3-Player herum, bis er die Musik fand. Dabei sah er weiter aus dem Fenster in die grün vorbeirauschende Landschaft. Ton, Bild und gesungener Text – es war ihm völlig fremd, was man da für Gesamtkunstwerke erlebte, wie der Kopf das zusammenkippte. Kein Wunder, dass Tausende mit diesen Stöpseln durch Hamburg liefen.

Vom einfachen Straßenverkehr haben die Leute genug, aber mit Musik wird ja alles zum Kino. Und dieses Zugfenster bewegt sich mit der fünfzigfachen Geschwindigkeit eines Fußgängers. Wieder musste Jo lächeln. Es kam ihm vor, als hätte es erst dieser Bahnfahrt durch Tschechien bedurft, damit er überhaupt mal auf Songtexte achtete.

Der Vogelatlas konnte warten. Nein, nicht der Vogelatlas, sein Vater musste jetzt warten.

Beschwingt stieg Jo Brüggemann in Brno aus der Bahn. Er wäre gern mit der Musik auch durch die Straßen gegangen, doch jetzt war der Akku seiner Aboprämie leer. Vor dem Bahnhof fand er einen Stadtplan und darauf sogar sein Hotel eingezeichnet, in dem er zwei Übernachtungen gebucht hatte. Der Himmel leuchtete blau, nur die Sonne stand hinter einer Wolke. Es war um einige Grad kälter als in Dresden, wo er bereits eine Nacht im Hotel verbracht hatte, um den langen Reiseweg zu splitten.

Jo prägte sich vier Straßennamen ein, nahm seinen Rollkoffer und kreuzte das kreischende Zusammenspiel zwischen Straßenbahnen und Schienen. Dass Brno mit den bewährten Ladenketten aufwartete, wunderte ihn nicht. Nur weil er wenig rumkam, seit die Welt sich global erwärmte, hieß das ja nicht, dass er uninformiert war. Der informierte Uniformierte, dachte er, und als wäre das ein gelungenes Wortspiel, lugte die Sonne hinter der Wolke hervor. Sie lachte. Jo freute sich auf einen sonnigen Nachmittag in Brno.

Er durfte ja wohl mal tief ein- und ausatmen, er machte solche Reisen ja sonst nie, hörte auch fast nie Musik. Vielleicht hatte die Musik nur seine Sehnsucht gespiegelt. Die Reise, die Stadt, ein Anfang. War er auf dem Weg in ein anderes Leben, oder hatte er gerade nur zu viel Energie?

An der Rezeption beharrte er darauf, englisch zu sprechen, obwohl man ihn auf Deutsch anredete. Keine zwei Minuten verbrachte Jo im Hotel, denn als er das Zimmerfenster aufriss, sah er vor sich einen bewaldeten Berg, der ihn aufzufordern schien, sofort hinaufzusteigen. Also griff sich Jo Brüggemann in der Lobby einen kleinen Stadtplan und stapfte los. Der Berg erwies sich als Hügel, dann als Erhöhung, nach einer guten halben Stunde war Jo zu einer Burg oder Festung gelangt, die von unten noch nicht zu erkennen gewesen war. Er genoss das Panorama, den Blick auf die Stadt, auch wenn er nicht als einziger am Geländer lehnte. Auf dem Rasen vor der Burg standen lauter Steinskulpturen, mit denen er nichts anfangen konnte.

An Deutsche erinnerte man sich in Brno nicht allzu gerne – er hatte sich vor der Reise kundig gemacht –, weshalb es ihn überraschte, dass die Prospekte an der Kasse zum Špilberk auch in deutscher Übersetzung erhältlich waren. Jo überflog den bunten Handzettel. Er sah auf die Armbanduhr, es war kurz nach vier, keine Führung mehr zu bekommen. Auf Deutsch hieß die Festung Spielberg, und was er las, hätte sich nicht einmal der gleichnamige Regisseur besser ausdenken können. Unter dem Spielberg befinde sich eine ausladende, vor kurzem aufwendig restaurierte Kerkeranlage. Zu besichtigen sei ein Rattengang, in dem man Menschen aufgeknüpft und sie den Tieren überlassen habe.

Stark, fand Jo, aber jetzt wollte er nicht hinab ins Dunkel. Morgen vielleicht. Allerdings sahen die Postkartenmotive im Ständer vor der Kasse sehr überzeugend aus. Er drehte eine Karte um und war enttäuscht, denn es war gar nicht der Spielbergkerker abgebildet. Schade. Piranesi. Nie gehört.

Er legte sich auf die Burgbergwiese in die Sonne, war sich schon unsicher, ob das Bild, das er sich durch die Postkarten vom Rattengang machte, nicht viel mehr unter die Haut ging, als die Realität es könnte. Zuerst lag er mit den Füßen nach unten, aber der Hang war zu steil, um entspannt zu sein, da rutschte man langsam immer tiefer. Also drehte sich Jo um und ließ das Blut in den Kopf laufen. Himmel und Erde wechselten die Position. Er hielt eine Hand vors Gesicht und versuchte mit den Fingern alle Äste eines nun abwärts wachsenden Baumes abzudecken. Dann zielte er mit dem Zeigefinger auf das letzte Laub, das sich noch im Geäst hielt. Das wäre auch was: hier warten, bis es hinauffiel auf die Erde.

Sein Magen grummelte, Jo hatte im Zug außer zwei Dresdner Hotelbrötchen nichts gegessen. Weil außerdem der Wind zunahm, stand er auf und schlenderte den Hang hinab. Auf einer Sandterrasse blieb Jo stehen, die Kirchenglocken schlugen gerade halb fünf. Er dachte an die Vernissage, die für sieben Uhr angekündigt war. Nicht seit seiner Ankunft in Brno, sondern seit der Grenze hinter Dresden dachte er das allererste Mal wieder an den Grund seiner Reise.

Er hatte Anne Lewin imponieren wollen, zumindest ein kleines bisschen, aber nachdem er mit verstellter Stimme auf den Anrufbeantworter gesprochen hatte, hatte sich etwas Grundlegendes geändert, die Wirklichkeit wurde ihm immer schmerzhafter bewusst: Petr Jablonski konnte schon deshalb nicht bei ihm auftauchen, weil sie sich seit sechzehn Jahren nicht gesehen und gesprochen hatten.

Jo sah vom Spielberg hinunter in die Stadt. Irgendwo in diesen Straßen und Gassen befand sich ein Raum, in dem heute Abend Fotografien hängen würden, die er womöglich als Junge in der Hand gehalten hatte. So stellte er sich das vor. Jo hatte im Netz kaum Hinweise darauf gefunden, dass die Kunstwelt an etwas anderem von Petr Jablonski interessiert war als an den unscharfen Tierfotos. Er hatte aber auch sehr gezielt nach jenen alten Fotos gesucht, er war darauf fixiert, das stimmte.

In einem Asia-Imbiss aß Jo eine scharf gewürzte Brühe mit Glasnudeln und etwas Huhn. Das Gericht war so fettig, dass er drei Servietten mit auf die Straße nahm. Auf dem gesamten Weg zum Hotel wischte er sich abwechselnd die Lippen ab und befeuchtete sie wieder mit der Zunge.

In der Lobby griff er sich zwei tschechische Zeitungen, auf seinem Zimmer blätterte er sie durch. Er fand den Termin der Vernissage bestätigt, auch die Adresse der Galerie. Als er die zweite Zeitung von Seite elf auf Seite zwölf umschlug, war da ein weißes Kaninchen abgebildet. Seine Löffel wurden durch eine dunkle Himmels- oder Hintergrundskerbe getrennt, ansonsten stach nur noch das Knopfauge aus dem Fell hervor. Das Fell konnte ebenso gut auch Zuckerwatte oder Schnee sein, so unscharf war es. Wer druckte denn bloß so was ab? Auf dem hellen Zeitungspapier wirkte das fast ganz weiße Bild grotesk. Darunter stand der Name Petr Jablonski, aber keine Jahreszahl. Das war in jedem Fall ein späteres Werk, dachte Jo, denn Kaninchen hatte Petr früher nicht besessen, im ganzen Dorf gab es keine. Jo fragte sich, ob das Bild in dieser Zeitung selbst schon wieder eine Kunstaktion war, einzuordnen in die Abteilung Provokationen, für die der Fotograf bekannt war. Jablonski galt als schwierig, und er pflegte diesen Ruf, indem er sich seit Jahren nicht von anderen ablichten ließ. Alles, was kursierte, waren ein paar schwarz-weiße Selbstporträts, auf denen Jablonski allerdings genauso unscharf daherkam wie die Tiere, die er knipste. Ein genialer medialer Kniff, hieß es dazu, mit dem der Fotograf sein künstlerisches Thema seit 1998 variiert und ausgeweitet habe. Man schrieb, er stelle sich einerseits in eine Reihe mit Richter und dessen Terroristen-Porträts und formuliere gleichzeitig die Frage neu, welchen Wert die einstigen Produktionsbedingungen – DDR, Grenzdorf, Holzschuppen – heute noch besäßen.

Jo verstand eigentlich nicht, warum dem Mann so viel Beachtung geschenkt wurde. Auch Anne Lewin hatte letztens gesagt, es sei ärgerlich, wenn sich Künstler ständig wiederholten. Im Internet hatte er keinerlei Fortschritt in Jablonskis Schaffen erkennen können. Das weiße Kaninchen aber, das beinahe vollständig in der Zeitung verschwand, beeindruckte Jo, diesem Fastnichts konnte er sich nicht entziehen.

Jo fuhr ins Parterre und lieh sich ein Bügelbrett aus. Er holte sein frisches Oberhemd aus dem Koffer, ein Reisebügeleisen hatte er sich billig besorgt. Dann ging er unter die Dusche, er wusch sich auch die Haare, rubbelte und fönte sie trocken. Er sah öfter in den Spiegel als sonst. Nervös. Würde er Jablonski überhaupt antreffen? Der hatte derzeit ein Stipendium in Brno, aber das hieß ja nicht, dass er zu seiner eigenen Vernissage erschien. Bei dem wusste man nie, sagte sich Jo und merkte beim nächsten Blick in den Spiegel, dass er sich die Vertrautheit nur einredete. Als er sein frisches Hemd anzog, schwitzte er schon leicht unter den Achseln. Der schöne überdrehte Nachmittag war zu einem angespannten Abend geworden. Alles, was Jo dachte, kreiste nur noch um den Starkünstler. Vielleicht hatte er das geahnt und deshalb den Fernseher unberührt gelassen, der hieß ihn, den unwichtigen Gast, immer noch auf knallblauem Grund willkommen: *Hello Mr Brugemann.*

Er fand, dass sein helles Oberhemd gut zu seinem Haar passte. Dazu die dunkle Jeans und hellbraune Schuhe. Er parfümierte sich nicht zu knapp. An der Hotelbar nippte Jo abwechselnd an einem Espresso und einem Grappa. Er hatte noch zu viel Zeit, bestellte sich ein tschechisches Bier, das musste man getrunken haben. Es war zwölf Minuten vor sieben, als er sich erhob.

Vor der Galerie standen etwa fünfzehn Menschen, alle hatten bereits ein Sektglas in der Hand. Jo stieß zu ihnen, nickte freundlich in die Runde. Eine Frau sprach ihn sofort auf Tschechisch an, worauf er in seinem nicht gerade akzentfreien Englisch antwortete.

«Where do you come from?», wurde er gefragt, und zack – schon machte Jos Antwort die Runde. Aus Deutschland angereist? *You know the artist? – Wonderful pictures, yes.* Die junge Tschechin, die seine Größe hatte, ihn aber mit ihren hochhackigen Schuhen deutlich überragte, war überrascht zu hören, dass Jablonski in der DDR gelebt hatte. Jo wies wenig charmant darauf hin, dass das doch der Schlüssel zum Werk sei («the key to his œuvre»). Dabei sah er schon an der Frau vorbei, durch die große Glasscheibe ins Innere der Galerie. Im Hintergrund stand jemand in schwarzen Klamotten und mit weißem, allerdings gestutztem Vollbart.

«Excuse me», sagte Jo, «I want to see the …», und noch bevor er sich entschieden hatte, ob er *photos* oder *pictures* sagen sollte, gab die Frau den Weg frei, indem sie sich galant seitwärts stellte und den kaum vorhandenen Bauch einzog. Jo stieß ohne ein Lächeln durch die Gasse, betrat den Ausstellungsraum. Er wollte die Tür eben hinter sich schließen, da stürmten zwei Männer direkt an ihm vorbei ins Freie, lachend, gefolgt von einem dritten, den sprach Jo an:

«Hallo, Petr.»

Der Mann blieb stehen.

«Jo Brüggemann», sagte Jo Brüggemann.

Jablonski trug ein rotes Halstuch unter dem schwarzen Cowboyhemd und seine Brille an einem Band um den Hals. Sie baumelte vor der Brust, aber jetzt setzte er sie auf, und weil die Brillengläser sehr tief saßen, sah er Jo mit nach hinten geworfenem Kopf an. Er sagte:

«Ich bin gleich da.»

Und ging nach draußen.

Verwirrt drehte sich Jo der rechten Wand zu. Sie war vollgehängt mit diesen blöden Selbstporträts von Jablonski. Jo fand, dass die Fotos nicht hinter Glas gehörten. Die Spiegelungen lenkten nur ab, man konnte sich gar nicht richtig auf die Motive konzentrieren. Draußen auf der Straße war Jablonski in ein Gespräch verwickelt. Alt war der geworden, aber immer noch in Lederhose.

Jo sah, dass zwischen vier unscharfe Schwarz-Weiß-Fotos immer eines gehängt war, das wohl eher nicht Jablonski zeigte, allerdings war es allein die Tatsache, dass darauf kein Bart zu erahnen war, die einen das glauben ließ, oder dass die Person einen Hut aufgesetzt hatte, der auf den anderen Fotos fehlte. Jo fand die Ausstellung unheimlich langweilig. Dieses Urteil war mit dem ersten Blick gefällt, und dass er jetzt die ganzen Floskeln aus seiner Internetforschung parat hatte, würde es nicht rückgängig machen. Spiel mit der Identität. Verwischung besonderer Kennzeichen. Nee, nee. Ihm als Experten konnte man mit so was nicht mehr kommen.

Jetzt, wo er die Fotos hier betrachtete, wie sie alle ordentlich nebeneinander aufgehängt waren, merkte er erst, wie wenig er schon immer mit ihnen hatte anfangen können. Kein einziges der Bilder fand Jo schön, und was nicht schön war, hatte doch keine Bedeutung. Eigentlich widerlich, dass Jablonski mit Ungenauigkeit Geld verdiente. Jo dachte an den ersten Spaziergang mit Anne Lewin, da hatte er ja bereits gewusst, dass sie im Dorf wohnten, und er hatte sie zugetextet mit diesem angelesenen Kram über den Fotografen.

Eine Hand tippte auf Jos Schulter. Er drehte sich erschrocken um, aber es war nur die Tschechin auf Stöckelschuhen, deren Haar sich im grellen Neonlicht der Galerie als viel blonder erwies. Sie hielt ihm ein Glas Sekt hin, Jo nahm es an.

«Und?» Sie konnte plötzlich Deutsch.

«Ich mag's nicht so.»

«Nein?»

Sie lachte, stieß mit ihrem Glas an seines, hob es danach aber nicht zum Mund, sondern ging gleich wieder nach draußen, als hätte sie das als Verabschiedung gemeint. Jo drehte sich den Fotos zu, doch wenn ihm die Konzentration darauf vorher schwergefallen war, wurde sie jetzt unmöglich. Warum sprach ihn diese wildfremde Frau an, um ihn dann wieder allein zu lassen?

Er ging an einem weißen Sockel vorbei, auf dem sonst wohl Skulpturen gezeigt wurden, heute stand dort eine Glasschale mit Knabbergebäck. Er wollte hineingreifen und stieß die Schale mit der aufsteigenden Hand zu Boden. Fast alle Salzstangen und Cracker lagen übers Linoleum verstreut, das Gefäß war zerbrochen. Eilig reichte ihm jemand Handfeger und Schaufel. Alle tschechischen Stimmen verspotteten ihn, das war ja klar.

Jetzt hielt sich Jo abseits, am hinteren Ende des Ausstellungsraumes, wo ein schwarzer Vorhang den Rest der Galerie abtrennte. Er spähte am Rand des Vorhangs vorbei und sah, dass sich dahinter das Büro befand, zwei Schreibtische mit Bildschirmen waren in der Mitte zusammengerückt. Es raschelte, aber als Jo den Vorhang leicht zurückschlug und mehr Licht in den abgehängten Teil fiel, setzte das Geräusch aus.

«Komm mal her», hörte Jo die vertraute Stimme, «setz dich.» Jo trat ins Dunkel, ohne die Stimme genau orten zu können. An das Neonlicht gewöhnt, schienen seine Augen fast blind zu sein. Plötzlich sprach ihn Jablonski aus unmittelbarer Nähe an.

«Und wie kommst du darauf, hier zu erscheinen?»

Er saß in seinen schwarzen Klamotten neben einem großen dunklen Gegenstand. Womöglich ein Klavier.

«Ich war grad in der Nähe», sagte Jo, als hätte er nie darüber nachgedacht, wie er ein Gespräch eröffnen wollte.

«Unsinn.»

«Nee, du hast recht. Also erst mal wollte ich gratulieren, zu deiner tollen Karriere. Wir haben uns ja irrsinnig lange nicht gesehn.»

Jablonski schwieg. Jo fand ihn jetzt schon eitel.

«Wo hast du denn den Jens gelassen? Oder bist du etwa alleine hier?», fragte der Alte und zog im gleichen Moment ein Streichholz über eine Zündfläche. Sein Bart leuchtete auf, er hatte seine Brille auf der Nase, dann glühte der Pfeifenkopf. «Du hast nie wieder von ihm gehört, was?»

Eine Pause entstand.

«Das ist eigentlich der Grund, ich wollte fragen, ob du bei uns in Neuhaus oder am besten in Stolpau selbst …»

Jablonski ließ ihn nicht ausreden:

«Weißt du, was das Einzige ist, Jo, das mich an Stolpau noch interessiert?»

«Nein.»

«Dann sag ich es dir. Mich interessiert, ob Jens und du, ob ihr euch nochmal über den Weg gelaufen seid, ich meine, ob ihr euch noch über den Weg laufen *könnt*. Mit allem anderen brauchst du mir nicht zu kommen.»

Und wie sich der Alte erinnerte! Jo Brüggemann war längst der Schweiß ausgebrochen. Was sollte er denn sagen?

«Ja, er wohnt jetzt wieder in Stolpau.»

«So?»

«Er würde sich auch freuen, wenn du …»

«Und deshalb hast du ihn nicht mitgebracht, was?»

«Er muss arbeiten, er hat den Gasthof übernommen.»

«So.»

Jablonski zog an seiner Pfeife, aber er gab das Gespräch nicht aus der Hand: «Ihr versteht euch also wieder?»

«Ja», sagte Jo sehr kurz.

«Weil du auf ihn zugegangen bist, vermute ich. – Nu lass dir doch nicht alles aus der Nase ziehen, Jo. Merkst du nicht, wie mich das quält!?»

«Ja, ich bin …», setzte Jo noch an, aber dann, «Entschuldigung, der Sekt … Ich muss mal auf die Straße, glaub ich.»

Er stand auf und spürte sofort, dass Petr Jablonski ihm folgte, bis zum schwarzen Vorhang, durch das grelle Licht der Galerie, nach draußen vor das Haus, wo sich nun keine Gruppe mehr befand, unter die er sich mischen, deren Lautstärke ihm helfen konnte. Jo hielt sich die Hand vor den Bauch, dann sackte er auf den Bordstein nieder, das war alles zu theatralisch, so was konnte er eben nicht.

«Hast du sein Puppenspiel eigentlich jemals gelesen?», fragte Jablonski. Und weil er nicht einmal darauf eine Antwort bekam, beugte er sich zu Jo Brüggemann hinunter und sagte:

«Du hast keine Ahnung, was du tust, Junge.»

«Sag nicht Junge zu mir.»

«Ist das alles?» Jablonski wurde jetzt aggressiv. «Ich glaub dir kein Wort. Ich hab dir schon damals kein Wort geglaubt, als sie ihn mitgenommen haben und dich nicht.»

Jo stand auf und sah dem alten Mann in die Augen.

«Ich erwarte schon lange nicht mehr, dass Jens sich bei mir meldet. Vielleicht bin ich ihm ja zu berühmt geworden. Oder glaubt er, ich hätte ihm was getan? Glaubt er das??? Dann bestell ihm schöne Grüße!», brüllte Jablonski.

Der Alte war wohl übergeschnappt, der drehte hier auf offener Straße durch. Jo ging drei Schritte rückwärts. «Spinnst du eigentlich, mich hier … mich hier …», sagte er.

Jablonski zog an seiner Pfeife, dann verschwand er mit schnellen Schritten in der Galerie. Dieses Mal war es Jo, der *ihm* folgte. Nicht unmittelbar, dafür zitterte er zu stark. Er wollte ihn doch nur einladen. Jo ging durch den Raum, an allen Bildern vorbei, Jablonski war nicht zu sehen, er strich noch einmal den schwarzen Vorhang zurück.

«Ich kann ihm ja sagen, er soll sich melden», sagte Jo ins Dunkel.

«Gar nichts wirst du sagen», kam die leise Antwort.

Hinter ihnen lag der mildeste Novembertag seit zwanzig Jahren. Die Kleintierfauna war erwacht, was vor allem die Mäusebussarde erkannten, die in großer Zahl über den Feldern kreisten. Aber auch Menschen waren am Nachmittag in solcher Anzahl ausgerückt, dass man unwillkürlich an Osterspaziergänge denken musste.

In der blauen Stunde sah Jens Lewin vom Deich abwechselnd hinab auf Fluss und Gaststätte. Oft hatte er als Kind miterlebt, wie die Dunkelheit in die Gärten einfiel, die Häuser bedeckte. Die Gänse verloren dann am Himmel ihren Ort, nur Rufe schallten noch herunter, und er erinnerte sich jetzt, wie ihn das Kreischen der unsichtbaren Vögel hatte glauben lassen, die Bäume unten würden im Dunkel auf alte Handkarren mit ungeölten Rädern verladen und quietschend weggerollt. Er bekam es damals mit der Angst zu tun, die Bäume könnten am Morgen verschwunden bleiben. Und schließlich umhüllte das Dunkel auch seinen Körper, kehrte sich gegen das Kind: Niemand hatte je die Ausgangssperre gelockert, nur er, ausgerechnet der kleine Jens hatte sich herausgewagt und war umstellt worden. Der schwarze Handschuh eines Grenzers auf seinem Mund. Rauf auf den quietschenden Wagen. Weg war er. Vom Dunkel verschluckt. Wie sollte er antworten, wenn Martha aus dem Haus zum Abendessen rief?

Dienstags hatten Laura und Anne zusammen Früh- oder Spätschicht, und alle vierzehn Tage waren dabei neun unkomplizierte Menschen zu betreuen, die sich im Deichkrug zur Skatrunde trafen. Die zwei Autofahrer ausgenommen, tranken alle Bier, viel Bier, wurden davon aber weder aggressiv, noch verloren sie die Konzentration beim Kartenspiel. Jeder Handgriff saß, und wenn sie bei Anne ein neues Glas bestellten, taten sie es unaufdringlich, wie über Jahre im Zusammenspiel mit der Wirtin Martha Lewin professionalisiert. Sie hoben kurz einen Zeigefinger, nur bis auf Brusthöhe, das genügte.

«Wird das eigentlich nicht langsam zu kalt nachts?»

Anne fühlte sich weiterhin für Laura verantwortlich.

«Nö. Ich kann schlafen.»

«Blöd, dass wir kein Zimmer für dich haben. Höchstens wenn Jens nachts vom Rechner und vom Fenster wegkäme. Aber das wär ja auch nichts. Durchgangszimmer.»

«Ja, ich seh immer das Licht», sagte Laura, «schläft wenig, dein Mann.»

«Ich dachte, es hat mit Jo zu tun. Aber jetzt steht er ja auch am Fenster, wenn Jo gar nicht da ist. Wobei, so viel seltener als früher kommt der ja wohl nicht. Was treibt der eigentlich dauernd hier?»

Anne hob ein leeres Glas und führte die andere Hand an den Zapfhahn, als könnte eine Tätigkeit, bei der man beide Hände braucht, ihre Neugier überspielen.

«Ach, der Jo», winkte Laura ab, «der wird langsam komisch.»

Anne wollte nicht nachfassen.

«Der ruft auf dem Handy an, schreibt mir SMS, was zu tun ist, und, ja, was du sagst: Am Ende taucht er doch wieder auf und macht alles selber. Oder er ruft den Arzt an und sagt mir nicht Bescheid. – Weißt du, was ich glaube, Anne? Ich glaube, es ist seine Art, Zuneigung zu zeigen. Mir gegenüber. Und das ist eigentlich das Allerschlimmste.»

«Was meinst *du* denn dazu?», bohrte Laura nach einer kurzen Pause nach.

«Für mich klingt das so, als ... ja, als würde er dir gegenüber einen auf Chef machen ... aber solange du damit klarkommst. Der Vater ist viel schlimmer. Der kann sich richtig aufspielen. Wenn Martha nicht wär, hätt' er Jens sogar angezeigt.»

Laura spitzte die Lippen, legte den Kopf abwechselnd auf ihre linke und rechte Schulter. Was sollte *das* denn heißen? Auf wessen Seite stand Laura eigentlich?

Stuhlbeine kratzten über den Fliesenboden, die Skatspieler erhoben sich und wechselten die Plätze. Es sah aus wie das Spiel, bei dem man nach Jerusalem reist. Schließlich saßen die Sieger der eben abgeschlossenen Runde links, die jeweils Zweiten am mittleren und die Dritten am Tisch rechts außen. Laura sagte zu Anne, dass sie jetzt immerhin die Karten nicht mehr mischen müssten. Beide Frauen lachten befreit auf.

Es hat sich das Trömmlein schon zweimal gerühret, schon zweimal gerühret. Nun heißt es marschieret, hinaus vom Quartier. Lust'ge Hannoveraner, die sind wir! Jens war auf dem Deich stromaufwärts gegangen und keine zwanzig Schritte weit gekommen, als hinter dem gekippten Fenster des Brüggemann'schen Obergeschosses die Volksmusik aufgedreht wurde. Er hielt sich die Ohren zu, was auf ihn selbst demonstrativ wirkte, obwohl ihn ja niemand sah. Er lief bis ans südöstliche Ende des Dorfes, dort griff er sich den Plastikklappstuhl, der am Maschendraht des letzten Gehöfts lehnte.

Am Flusshaken stand der Deich ohne jegliches Vorland direkt am Elbufer. Von Süden kommend, bog die Elbe hier entschlossen, in einem Winkel von fast neunzig Grad, nach Westen ab. Jens öffnete seinen Klappstuhl, setzte sich. Der Wind ging lau, aber stetig, er musste die beiden zusammengeklebten Blättchen mit einer Hand auf dem Hosenbein festhalten, wenn er mit der anderen den kleinen Beutel öffnen wollte. Mühsam brachten Daumen und Zeigefinger Graskrümel hervor, die er in den Tabak streute. Seitdem er sich verboten hatte zu rauchen, kiffte er regelmäßig. Er hielt es vor Anne geheim.

An dich kommt man doch eh nicht ran, hatte sie ihm nachgeworfen. Er dachte an all die Nächte, in denen ihm die Zellenwände in die Knochen gewachsen waren, weil die Schmerzen der Schläge nicht verschwanden. Was würden die mit seinen Eltern machen? Wo hatte er sie da bloß reingerissen? Er spürte die eigene Ohnmacht und hoffte, kassierte neue Schläge, nur weil er gesessen oder gestanden oder gehockt oder etwas nicht gegessen hatte.

Blieb nach außen standhaft und undurchsichtig. Nichts sagte er, was er nicht unterschreiben konnte, immer und immer wieder hatte Jens seine eigene Dummheit eingestanden, um nur niemanden auszuliefern.

Damals stimmte das, an ihn kam keiner ran.

Auch nicht, als nach der Wende das Märtyrertum schick wurde. Jens war gerade erst nach Hamburg gezogen, da hatten sie angefragt, ob er die Knasterfahrung in einer «Gesprächsrunde» – gemeint waren Talkshows! – weitergeben wolle. «Das muss doch für Sie, in diesem Alter, eine ungeheuer …» Er hatte den Hörer aufgelegt und sofort wieder in die Hand genommen, um irgendwelche Beamten der Meldebehörde anzubrüllen, dass seine Vergangenheit niemanden etwas angehe und woher diese Privatfernsehfuzzis seine Daten hätten. Das war noch in der Einraumwohnung, danach lebte Jens in der WG mit einem anderen Ex-Knasti, der mit Marihuana dealte und dadurch immerhin den Kühlschrank füllen konnte. Jens fing an, im Supermarkt zu jobben, aber gleich seine erste Arbeit führte zum Streit, er musste aus der Wohnung ausziehen, weil er seinen Lohn nicht in Stoff investieren wollte. Eigentlich war er vier oder fünf Jahre durch Hamburg gestromert, ohne zu existieren – ohne festen Job, ohne Freunde, ohne Ziel. Er *war* ein Nichts. Der einzige Lichtblick war, dass er als ein Nichts wenigstens keine Drogen brauchte, um unglücklich zu sein. Er brauchte auch kein fließendes Wasser, 1991, zweimal in der Woche ging er so lange ins Schwimmbad, bis die Haut aussah, als könnte man sie abziehen. Dieses An-sich-Rumpulen. Er war mal nach Holland getrampt. An diese Zeit erinnerte er sich nur bruchstückhaft, ganz anders als an seine Jugend hier an der Elbe. Wahrscheinlich waren es die Zigaretten, die das alles in mikroskopisch kleine Lebensabschnitte zerlegten. Der Winter auf Amrum, als Küchenhilfe einer Sozialstation, und alle Viertelstunde auf den Hof, um vor den Müllcontainern eine zu rauchen. Dann wieder Essen machen, widerlich.

Er verhärtete seinen Blick. Der Deichkörper war in der engen Flusskurve mit Steinen durchsetzt. Der Deich eine Mauer, immer noch eine Mauer. Das fand er zum Lachen und guckte die Steine an, als wären sie erst letzte Nacht hier eingeschlagen worden. Er hätte nicht einen einzigen Freund gehabt, fiel ihm ein, der sich solch eine Ossi-Mitleids-Talkshow seinetwegen angesehen hätte. Aber diese Steine! Nie hatte er ihre Fülle und Pracht wahrgenommen. Das Gras zog ihm jetzt schon in den Hinterkopf, löste von dort die aufhellenden Symptome aus. Er mochte dieses In-sich-hinein-Kichern nicht, hatte das Gefühl, es entstelle ihm die Gesichtszüge, worüber natürlich wiederum zu kichern war.

Da war eine Treppe in den Steinwall gehauen, links davon die Skala, auf der man zu Ostzeiten den Pegelstand der Elbe abgelesen hatte. Nicht mal daran war heute noch jemand interessiert. In den Dezimeterkerben der Skala hatte sich Moos gebildet. Aber Steine, die Steine neben ihm, Steine lagen da in einer Geometrie, die so urkomisch war, dass ihm der Android vor Augen trat, Commander Data, wie er den Emotionschip eingesetzt bekam und von allen Witzen überrannt wurde, die er vorher nicht hatte verstehen können. Was sind wir nur für unvollständige

Wesen, lachte Jens, und er sah sich plötzlich auf seinem Lieblingsplatz im Deichkrug sitzen und zuschauen, wie oben auf dem Deich ein Fahrrad vorbeifuhr, das heißt, immer nur die Räder und deren Antrieb, nur Schuhe auf Pedalen und eine Kette, die nach vorn getreten wurde. Alles oberhalb der Knie war durch die Oberkante des Fensters abgeschnitten. Zeitmaschinen, dachte er. Und wer sagte, dass es überhaupt Menschen waren, die da vorbeifuhren? Zwei miteinander verbundene Räder vorwärtszutreten, das würde wohl noch der primitivste Android hinkriegen.

Musik wehte hinüber, nein, keine Musik, nur Klang, Töne. Der alte Brüggemann tickte vollkommen aus jetzt, weckte das ganze Dorf. *Wir sind die Niedersachsen, sturmfest und erdverwachsen.* Das war immer das Erste, was Jens zu dem Todeskandidaten einfiel. *Wachsam und kampfentschlossen*, dachte er. Entweder Fritz hörte sich das schwere regionalpatriotische Gestampfe an, wo ein Chor seiner Heimaterde unter den Füßen mal so richtig zeigte, wie stolz er auf sie war, oder das leichte militärische Gestampfe, diese munteren Marschierliedchen. Jens malte Kreise in die Luft, meinte aber, er würde gerade dirigieren. Dann setzten Orgelklänge ein, und der Passionschoral *O Haupt voll Blut und Wunden* dröhnte herüber. *Wenn ich einmal soll scheiden, so scheide nicht von mir. / Wenn ich den Tod soll leiden, so tritt du dann herfür. / Wenn mir am allerbängsten wird um das Herze sein, / so reiß mich aus den Ängsten kraft deiner Angst und Pein.* Jens musste wieder lachen. Darüber, dass er den Text kannte und dass es mit Fritz zu Ende ging. «Mache Meldung, alle zehn, verteilt an zwei Hände.» Er hatte sie wirklich durchgezählt. Wie sich die Behaarung den Handrücken hinauffraß, an der Seite! Sah das affig aus.

«Der Bauwagen muss da im Frühjahr verschwinden. Sagt Jens. Dann müssen die dich eh mal im Haus aufnehmen.»

«Oder», Laura nahm einen Schluck Weißwein, «oder auch nicht.»

«Da werden wir uns schon einig.»

«Wer wird sich denn hier mit wem einig, Anne? Hältst du mich für bescheuert? Ich guck mir das ja jetzt auch schon zwei Monate an. Haben die schon *ein Mal* miteinander geredet? Und ihr beide, ihr habt wohl auch gar keine Probleme, was?»

An keinem der drei Tische fiel eine Karte. Laut genug war sie ja gewesen.

«Sorry, meine Herren», sagte Anne, und Laura fuhr in geflüsterter Dringlichkeit fort:

«Wem gehört die Wiese denn eigentlich?»

«Jens meint, einer Familie Wulf. Und wenn Wulfs nicht wollen, dann allen.»

«Siehste. Und Jo meint, sie gehört ihm.»

Laura schloss den Mund so, dass man ihre Lippen nicht mehr sah. Als wäre alles gesagt. Dann zog sie Anne am Ärmel nach hinten in die Küche.

«Das ist doch genau, was ich meine, Anne. Ich hock auf der Wiese wie … Ich hab kein' Bock auf die Rolle. Ich hab kein' Bock, mir auch nur die Frage zu stellen, ob ich mich irgendwie verhalten muss. Verstehst du?»

«Nein.»

«Ich mein nur, wenn ich das merke, dass mich da irgendwer benutzt, um sein Ding durchzuziehen, dann bin ich weg, dann war's das.»

«Aber das macht doch Jo die ganze Zeit schon», sagte Anne verwirrt und setzte dazu an, Laura in den Arm zu nehmen.

«Frau Wirtin», kam es aus der Gaststube. Mussten Männer eigentlich aus Prinzip dazwischengehen, wenn sich Frauen vor ihnen zurückzogen? «Ham Sie ein Skatblatt für uns? Da is ein Bube, dem hat Ihr Bier zu gut geschmeckt.»

Anne machte drei Schritte aus der Küche. Dann erst erschrak sie über die Vehemenz, mit der sie gerade die Chance ergriff, das Gespräch zu beenden. Dass sie die Frage verneinen musste, stieß vor dem Tresen auf Unverständnis:

«Was, Sie ham kein Skatblatt mehr?»

Anne zog die Schultern hoch. Sie öffnete die Schubladen unter den Spirituosen, obwohl sie deren Inhalt genau kannte. «Neulich hab ich Jens noch gesagt, er soll Karten kaufen», petzte sie vor Laura, ohne dass der Gast es hörte, «aber der spielt ja lieber Apfel-Quiz.»

«Is doch kein Problem, hol ich eins von drüben», sagte vom rechten Tisch aus Rentner Voss, der nur ein paar Höfe entfernt wohnte. Er ließ sich von einem seiner Mitspieler so umständlich in die Jacke helfen, dass Anne die Augen schließen musste. Die Kumpelhaftigkeit des Bildes rührte sie.

Jens ließ die Hände an den Seiten des Klappstuhls hinunterbaumeln. Er dachte schon eine Weile gar nichts. Dann etwas, das er schon am Sonntag gedacht hatte.

Der Fluss überlebt uns alle. Zwei Jahrhundertfluten in so kurzer Zeit. Die Evakuierung, war das drei oder vier Jahre her? Jens war vor Ort gewesen, Sandsäcke füllen, Deichwache schieben. Hatte nicht irgendeiner – wahrscheinlich aus lauter verräterischem Selbstekel – gekräht, das sei ja wie bei den Aussiedlungen damals, sie würden sich doch nicht schon wieder abtransportieren lassen? Ein guter Witz, oder, warum lachte denn niemand mit? Keine einzige der sieben Familien, die einst wie Hunde von Haus und Hof verjagt worden waren, wohnte heute wieder in Stolpau. Niemand von den Sandsackschleppern kannte die Erfahrung, über Nacht die Sachen packen zu dürfen. Und dann ab ins Binnenland. Freundwärts, immer schön freundwärts.

Und als ob sie niemals hier gewohnt hätten, hatte Jens auch niemals ein Mitglied einer dieser Familien zu Gesicht bekommen. Er guckte auf seinen Joint. Fuffzehn Zentimeter unterhalb der Deichkrone hatte das Wasser gestanden. Jetzt wanderten sie alle vorbei. Die sturen alten Männer, die mit steigender Flut immer öfter zum Gebet in der Kirche verschwanden, bis man sie kaum noch heraus- und in die Busse bekam ... Vadder Hinrichs mit seiner Angst um die seltenen Käfer und Sträucher, die sich den ehemaligen Kolonnenweg zum Paradies gemacht hätten ... Über allen thronend aber Hans Brüggemann mit seinem Sonographen, Vogelstimmen aufzeichnend, um zu ermitteln, ob sie sich unter der drohenden

Gefahr veränderten. Ja, Zaunkönig Hans Brüggemann, mit stolzgeschwellter Brust, als hätte er mit seinen Vögeln schon wieder auf die Richtigen gesetzt.

«Jede Stimme ändert sich unter Gefahr, du Verräter.»

Hatte er da eben einen Schuss gehört? Das Rasseln eines Kettenschiffs. Jens Lewin musste kichern. Über Jablonski und die Chronik. Der Fluss überlebt uns alle. Kichern darüber, dass er für diese Erkenntnis Gras benötigte. Das Weiße, was zwischen seinen Fingern festklemmte, war definitiv eine Tüte.

Er überblickte die gesamte lange Deichkurve an den Krager Elbwiesen, als er plötzlich die Augen zusammenkneifen musste. Von Süden schritt jemand auf ihn und die Höfe von Stolpau zu. Nur daran war im Dunkel die Bewegung der Gestalt erkennbar, dass sie etwas Glühendes mit sich trug.

«Und dieser Gernot hat noch nicht herausgefunden, dass du hier draußen bist?»

«Hör bloß auf. Gott sei Dank. Das Nächste wäre wohl, dass er mich verprügelt. Jo hat von ihm erzählt, Gernot ist auf der Arbeit schon ein paarmal ausgeflippt seitdem.»

«Das ist ja nett.»

«Was?»

«Dass Jo dir Angst vor ihm macht.»

«Gernot interessiert mich nicht mehr, Anne. Der ist crazy. Ich red hier gern mit dir über alles, aber über den – nee.»

Die Jüngere lachte plötzlich, nahm die Haare hinterm

Kopf zusammen und zog sie sich verlegen über eine Schulter.

«Er hat mich übrigens einmal geküsst.»

«Jo??»

«Ja. Total unheimlich, er hat sich so von hinten angeschlichen.»

«Und wohin geküsst? Nicht! Lass mich raten … mmh, Ohr!»

«Hier so, am Hals», flüsterte Laura.

«Und du hast dich erschrocken.»

«Und wie!!»

Laura war wieder viel zu laut.

«Was erzählen Sie sich denn da für intressante Geschichten?», kam es aus dem Pulk der Unterbeschäftigten, denn Voss und die Karten waren noch nicht wieder aufgetaucht.

«Nix für verheiratete Männer», sagte Anne.

«Das is gut, dann gehn die mal eben austreten», sagte ein Kartenspieler und stand unter Gelächter auf, um aufs Klo zu verschwinden. Die anderen schienen nun wirklich etwas zu erwarten, geradezu bedrohlich waren die Blicke auf Laura gerichtet.

«Sie schnacken da ja wie zwei Schwestern, die sich seit ewig nicht gesehen haben», sagte einer.

«Welche ist denn die vom Westufer?», fragte ein anderer.

Es musste eine Stange sein, sie leuchtete herrlich in der Nacht. Die Gestalt war sich offenbar nicht sicher, ob sie den Weg fortsetzen sollte. Immer wieder hielt sie an und stellte den leuchtenden Stab auf den Deich, als müsste sie sich aufstützen oder etwas begutachten. Einmal brach ein Stück der Stange ab, und weil die weite Kurve zwischen ihnen lag, konnte Jens Lewin sehen, wie ein kleines glühendes Stück den Deich hinunterkollerte, flusswärts.

Nach langen Minuten hatte das Wesen Jens Lewin erreicht, der ungerührt auf seinem Klappstuhl mitten auf dem Deich saß. Ihm gegenüber stand ein buckliger Mann. Angstlos, vielmehr immer noch vom Kiffen erheitert, fragte er den Fremden, was er da mache mit dem langen glühenden Eisen. Er sei ein Landmesser, sagte der Mann, unter dessen Kapuze nur ein Mund zu erkennen war. Er suche den Ort, in dem einige Grenzsteine unrichtig ständen, die er einmal selbst dahin gesetzt habe; und er habe nun nachzumessen, ob die Steine noch am falschen Platze seien.

«Bei uns in Stolpau?»

«Stolpau? Möglich.»

Die Pause zwischen den beiden Worten färbte die Antwort derart altertümlich ein, dass Jens Lewin sie innerlich wiederholte und glucksen musste. Der Mann zog sich hierauf die Kapuze nur noch tiefer ins Gesicht. Er hob die Stange, die so herrlich orange glühte, und bat Lewin, die Steine umzusetzen. Er, der Landmesser, sei dazu nicht in der Lage.

«Wieso soll ich jetzt bestraft werden? Nur weil ich hier abends auf dem Deich sitze, oder was?», fragte Lewin unwirsch.

Der Andere ging nicht darauf ein, sondern bezeichnete Lewin genau, wo die Steine zu finden seien, was lange dauerte, da es viele waren. Lewin kicherte.

«Was gibt es zu lachen?»

«Nichts.»

Er riss sich zusammen, starrte auf die mal zu Boden gerichtete, mal ihm entgegengestreckte Stange. «Keine Erlösung wird dies Feuer in der Finsternis sein, so du mir nicht gehorchst», hieß es jetzt aus dem Mund des Fremden. Um ihn endlich loszuwerden, sagte Lewin zu, nach allen Steinen zu sehen und sie am folgenden Tage an den benannten Stellen einzugraben. Der Landmesser aber meinte: «Bald komme ich und messe; stehen dann die Steine an ihrem Ort, so komme ich nicht wieder; versprecht es mir und gebt mir die Hand darauf, dass Ihr die Steine dahin setzen wollt.»

Er sah dabei zu Lewin hin, doch blieben die Augen vom Kapuzenrand verdeckt. Jens versprach es nochmals («Ich verspreche es Euch!»), und als die Gestalt an ihm vorbeiwollte, zog Lewin seine ausgestreckte Hand in einer Vorahnung zurück, berührte aber doch ganz leicht den filzigen Ärmel des Mannes. Da verbrannte er sich daran eine Fingerkuppe, und zwar so sehr, dass er aufschreien und den Finger lange ins feuchte Gras drücken musste, um den Schmerz zu lindern. Der Landmesser aber, als habe ihn der Schrei vertrieben, verschwand nur noch schneller im Dunkel.

Sternenklar wölbte sich der Himmel über ihm, und Lewins Augen projizierten die Stange des Landmessers ans Firmament. Beliebig konnte er damit die Sterne verbinden. Er ließ die Deichsel des Großen Wagens glühen. Vielleicht wurden ja darin die Bäume abtransportiert. Wenn da oben jemand unterwegs war, wenn der Große Wagen einen Fahrer hatte, dann hatte der hinten in seiner Kiepe aber bestimmt nicht diese lächerlichen Klappstühle geladen, an denen man sich ständig die Finger klemmte. Es tat so weh, dass Lewin schon wieder lachen musste. Er stand jetzt aufrecht. Nein, er wankte. Wie ein Baum im Wind. Er wollte noch nicht nach Hause, nahm den Weg aus dem Dorf hinaus, von wo der komische Typ eben gekommen war.

«Jedenfalls wissen Sie immer noch nicht, worauf Sie sich hier eingelassen haben.»

«So, worauf denn?», fragte Anne zurück.

«Auf HGN. Haben Gar Nüscht.»

«Na na, das Amt gehört doch wieder zu LG.»

«Ja, Lügenburg, man sagt Brücke und meint Lücke», krähte einer, und ein Dritter fragte: «Wissen Sie, wo Sie hier gelandet sind?»

Anne schüttelte den Kopf, amüsiert. Kam jetzt noch ein Autokennzeichen?

«In Hannoversch-Sibirien!»

Man lachte, einige schienen diesen Ausdruck nie gehört zu haben. Ein jüngerer Skatspieler pfiff das berühmte Lied vom Tod.

«Hier trinkt man kain Ladde Makjado.»

Ein bescheuerter Dialog, dachte Anne, und doch traf sie der letzte Satz so schwer, dass sie wieder die Schultern hochzog. Die alten Männer sprachen skatkloppend aus, was sie als Nebenfach-Ethnologin längst verstanden hatte. Nur Jens wollte die Welt nicht so haben, wie sie war.

«Wer ist denn am Gewinnen?», fragte Laura munter dazwischen.

«Die Junggesellen», sagte einer trocken und hatte die Lacher auf seiner Seite. Laura brachte frischgezapftes Bier und kam wieder zurück hinter den Tresen:

«Jedenfalls hab ich ihn gleich weggestoßen, sonst …»

«… wär's nicht bei einem Kuss geblieben.» Anne stieg sofort wieder ein. Zustimmend, auch anerkennend zog Laura die Augenbrauen hoch:

«Na ja, ehrlich gesagt hat er mich in Hamburg auch schon mal angemacht. Muss man mit leben», sagte Laura mit einer schrecklichen Abgeklärtheit, die sie sogar noch steigerte: «Und schließlich brauch ich ja die Kohle.»

Anne zapfte weiter Bier. Wie lange hatte Jens sie eigentlich nicht «angemacht», jedenfalls nicht in dem Sinne, den Laura meinte. Ließ sich ziemlich genau sagen. In Göttingen, als sie die Entscheidung getroffen hatten herzuziehen. In der Nacht, in der er mindestens dreimal gesagt hatte, er traue es sich zu, die Schreiberei aufzugeben. Das war schon nach dem Sex gewesen, nach dem ersten jedenfalls, im Bett.

«Du musst dir aber auch zutrauen, eine Kneipe zu führen», hatte sie gesagt.

«So? Und was, denkst du, braucht man dazu?»

Hatte sie ihm damals an dieser Stelle wirklich mit dem Finger ein Herz auf die Brust gemalt?

«Erstens: Dass du nicht selbst zur Flasche greifst.» Anne lachte, denn sie hatte Jens noch nie besoffen erlebt.

«Okay, das dürfte kein Problem sein.»

«Und dann natürlich … Freundlichkeit.»

«Die würde ich aufbringen. Obwohl, vielleicht sollte ich da noch ein bisschen üben …» – und er war noch einmal mit wilden Küssen über sie hergefallen.

Abgesehen davon, dachte sie, dass das hier oben im Stolpauer Schlafzimmer noch nicht mal ansatzweise vorgekommen war – wie naiv war sie eigentlich im Moment des Glücks gewesen! Zu denken, dass Jens sich hier draußen wirklich wohlfühlen würde. Aber von wegen Freundlichkeit … den einen oder anderen Gast hatte er ja wohl schon endgültig verprellt. Auf Hans Brüggemann konnte Anne gut verzichten, aber Jens hätte doch ahnen müssen, dass auch dessen sauffreudiger Anhang ausblieb, zumal der zu allem, was der Vogelfuzzi von sich gab, bloß ja und amen gesagt hatte.

Andauernd stellte sie Jens zur Rede, andauernd gelobte er Besserung. Aber auf eine Art, die ihr vermitteln musste, dass er eigentlich nur allein gelassen werden wollte. Ihre Hamburger Freundin Sandra hatte ihr am Telefon aus einem Beziehungsratgeber vorgelesen: *Fordern Sie ein- bis zweimal täglich praktische Hilfe von ihm ein. Versuchen Sie ihn gerade in die Dinge einzubinden, von denen Sie sich wünschen, dass er sie selbst sieht, angeht und behebt.*

Wer solche Ratschläge ernst nahm, verringerte damit natürlich nicht gerade den Abstand zum Partner. Jetzt hatte sie eine dieser Floskeln im Kopf, die sie so hasste: *Wahrscheinlich war Ihr Zusammenleben auch vorher nicht nur eitel Sonnenschein* … Igitt. Pfui. Und es stimmte ja auch nicht: Sie kannte Jens anders, sie hatte einen anderen Jens geheiratet, und mit dem war sie auch hergezogen. Und sie war nicht *besser* als er, fühlte sich ihm in keiner Weise überlegen. Im Gegenteil, Anne machte sich ständig Vorwürfe. «An dich kommt man doch eh nicht ran», hatte sie vorhin zu ihm gesagt – und es sich schon in der Tür übersetzt: Warum kann ich mich dir nicht an den Hals werfen?

Die weißen Linien links und rechts bildeten den einzigen schwachen Zusammenhalt des Deiches. Schwach war nämlich auch das Licht, die Wolken gaben den Mond nur selten und kurz frei, die meisten Sterne waren jetzt dahinter verschwunden. Eben noch war jemand neben Jens gegangen, im gleichen Rhythmus hatten sie die Füße gesetzt. Sie hatten geschwiegen, ihre Schritte aber gemeinsam beschleunigt. Obwohl der Andere die kleinere Übersetzung und daher Mühe hatte, mitzuhalten, war er mit Lewin gleichauf geblieben. Den hatte die synchrone Schnelligkeit erregt. Als wollte der eine vor dem anderen weglaufen, dem anderen entwischen – ja, als hätte jemand das energische Spiel, bei dem zwei Schuljungen auf dem Tisch ihre Ellenbogen gegeneinandersetzten, um den Stärkeren zu ermitteln, in Bewegung überführt. Und nun, mitten im Wettkampf, dem kein Wort vorausgegangen war und der sich stumm vollzogen hatte, verschwand der Andere. Sein Atmen war nicht mehr zu hören.

Er ist bestimmt zurückgeblieben, dachte Jens. Da er seinen Vorsprung nicht verspielen wollte, legte er noch einmal zu. Er war schon kurz vor dem Nachbarort, als er den Kopf wendete, um sich nach den Lichtern Stolpaus umzusehen. Da hätte er seine Wange beinahe in die Spitze einer glühenden Stange gedreht.

«Was lauft Ihr denn weg? Tut mir doch den Gefallen», sprach der Landmesser atemlos, «stellt die Steine um!» Und als wären Tage vergangen, nicht wenige Minuten, jammerte er: «Ihr habt es doch versprochen.»

«Du kannst mir helfen», wechselte der Landmesser jetzt den Tonfall, «du weißt es doch. Gönnst du mir denn die Ruhe nicht?» Da schritten sie an einem der hölzernen Sitzbalken vorbei, die wie Miniaturgalgen aussahen und von denen die Greifvögel so gerne nach Beute Ausschau hielten. Mit einer Handbewegung, und Lewin schien es so: ohne das Holz überhaupt zu berühren, ließ der Landmesser den Galgen in Flammen aufgehen. Wie ein Feuerschlucker, der in einen Haufen Papier bläst. Lewins Finger schickte ein Signal, das sein Herz mit den Füßen Schritt halten ließ, so groß war die Angst vor einer Verbrennung, einer weiteren Verbrennung, die schmerzhafte Berührung mit der Gestalt war wieder ganz gegenwärtig, aber was war schon ein wunder Finger gegen die Lebensgefahr, der er sich jetzt ausgesetzt sah! Da hieß es vom Landmesser her: «Ich will nur nicht, dass du mich belügst. Fast ein jeder findet meine Stange so schön, dass er darüber seine Pflichten vergisst.» Zwar hielt er mit seiner freien Hand die Kapuze auf dem Kopf, doch war Lewin nicht mehr klar, ob er damit nur Schutz vor dem Gegenwind suchte. Die vielen Worte hatten dem Landmesser hörbar Kraft geraubt, sein Atem rasselte, und da Lewin dies gewahr wurde, nutzte er den Moment und beschleunigte erneut die Schritte.

Letztlich war es dieser Augenblick der Entschlossenheit, der das Urteil über ihn fällte. In die Anstrengung hinein musste er lachen, schon schwanden ihm die Sinne, Lewin kam ins Trudeln, er stolperte, da lag er längs auf dem Bauch, lag am Rande des Deiches. Eine der weißen Linien lief von Nordwesten in seinen Kopf und kam zwischen den Beinen wieder zum Vorschein. Der Landmesser stand keuchend über ihm. Lewin musste etwas sagen, irgendetwas Beschwichtigendes, Menschliches, und er sagte: «Was die anderen getan haben, müssen sie … Ich kann doch nicht für alle hier … Warum soll denn *ich* die Steine setzen?»

Niedergestreckt hatte sich Lewin selbst, und er wusste, dass eine einzige Handbewegung des Landmessers genügen würde, um sein Rückgrat zu entfachen. In Erwartung des glühenden Stabes verzog er noch einmal sein Gesicht. Solange nicht geschah, was er voraussah, presste er die Worte «Ja, ich will die Wiese auch» hervor. Weder war jetzt das Atmen des Landmessers zu hören, noch flatterte dessen Mantel im Wind. Ein Licht kam näher.

«Du warst meine einzige Hoffnung», sagte der Landmesser leise, eher zu sich selbst als zum Liegenden. «Hast du die Worte nicht gehört?»

«Nein.»

«Und hörst du nicht den Donner, mit dem ein Mühlstein fällt?»

«Noch nie.»

Jens' Brustkorb dehnte sich, die Angst verflog, er sah hinauf:

«Wer sagt mir denn, dass Sie wiederkommen?»

«Was??», rief der Landmesser entrüstet. «Ich werde

kommen, solange das Ungeziefer sich nicht beim Ungeziefer entschuldigt hat.»

Während sich Lewin mühsam von der Seite auf den Rücken drehte, hob der Fremde die glühende Stange.

«Lewin, Jens Peter: Wenn du die Wiese willst, muss ich auch dich zerdrücken.»

Hinter ihnen quietschte etwas. Das Licht stach ihm in die Augen. Er drehte den Kopf zur Seite: Ein schwarzer Schuh stand neben seiner Wange.

Jens schrie.

«Jung, wat is denn mit diä los?»

Er sah in das Gesicht eines Stolpauers, dessen Name ihm nicht einfiel. Es war der mit der Werkstatt am Ende des Dorfes, bei dem alles im Garten herumlag. Der mit den vielen Hunden. Dann musste Jens ohnmächtig geworden sein, denn er erwachte erst wieder vom Fahrtwind. Wie ein Käfer lag er in einem zweirädrigen Karren, den sein Retter hinter einem Fahrrad ins Dorf zog. Er lag auf Ketten und Karabinern, eingekeilt von einem Fahrradschutzblech, Weißdornholz und verrosteten Fassreifen. Er spürte eine Schürfwunde am Knie.

Mit halboffenen Augen sah er seinem Antrieb zu, dem sehr weit vor ihm in der Luft stehenden Körper eines Mannes, der sich auf und ab bewegte.

Zum Lachen langsam ging es Richtung Stolpau.

zehn

Es ging auf das Fest zu, und der alte Fritz blühte auf. Er hatte sich an seine Pflegehilfe gewöhnt, jetzt bimmelte er sie wohl bald jede Stunde herbei. Tee musste gemacht werden, gebracht werden, war nach dem Ziehen zu heiß oder von vornherein zu kalt gewesen. Immer störrischer wurde er bei der Verfolgung seiner Interessen. Fenster auf, Fenster zu, Schallplatten umdrehen, Bett aufschütteln – auch für die kleinsten Tätigkeiten, die früher sein Sohn Hans übernommen hatte, war nun unter der Woche Laura zuständig.

Das wäre für alle Beteiligten nicht weiter schlimm oder auch nur auffällig gewesen, hätte Laura im Hause Brüggemann geschlafen. Sie wohnte aber weiterhin in dem Bauwagen auf der Wiese, und ihren Einsatzbefehl empfing sie durch die markerschütternden Signale der Klingel an der Außenfassade. Anne Lewin schüttelte nur den Kopf darüber, aber Jens hielt das Geräusch, als seine Erkältung stärker wurde, immer weniger aus. Er kapitulierte und trug fortan Ohropax.

WEIHNACHTSBÄCKEREI hatte in kräftigem Kopierschwarz auf orangefarbenem Papier gestanden. Bei den Jüngeren war Annes Postwurfsendung ein voller Erfolg. Vier Grundschüler wählten persönlich die

Telefonnummer des Deichkrugs, zwei weitere Mädchen drängten ihre Mütter an den Apparat, damit diese stellvertretend für sie zusagten. *Freue dich*, sang sie vor sich hin, *Glückseligkeit* passte auch. Das Radio spielte die ersten Weihnachtslieder. Auch ein Zwischenfall verdarb ihr nicht den Tag: Als sie einen Zwölfjährigen auf der Dorfstraße fragte, ob er ihre Einladung bekommen habe, hielt er Anne den Mittelfinger vor die Nase.

Am Montag, dem Ruhetag nach dem zweiten Advent, buken in der Gaststubenküche sechs Kinder aus Stolpau unter Lauras Anleitung Weihnachtskekse. Anne wollte gleich zu ihnen stoßen, saß aber noch starr am Bettrand, die Hand auf dem Oberarm ihres Mannes. Richtig hell wurde es zu keiner Tageszeit mehr, dachte sie, das Grauschwarz vor dem Dachfenster konnte man nach Belieben Nachmittag oder Abend nennen.

Jens atmete durch den offenen Mund, seine Nase war dicht. Er ertastete unter dem Kopfkissen sein Taschentuch und hielt noch beim zweimaligen Ausschnauben die Augen geschlossen. Anne konnte gut auf jede weitere dieser *Ich-bin-krank-Botschaften* verzichten. Er nahm den Arm unter der Decke hervor und gestikulierte, als wolle er Fliegen vertreiben oder als bitte ein Fotograf jemanden, aus dem Bild zu gehn. *Tür zu*, sollte das wohl heißen. *Ich bin sterbenskrank*, übersetzte Anne sich sein Taubstummenquiz, *ich habe Schluckbeschwerden, ich kann nicht reden, mach bitte die Tür zu – diese Kinderstimmen …!* Sie fühlte sich wie im dunklen, muffigen Zelt eines Paschas, der es nicht für nötig hielt, einen in seiner fremden Landessprache anzureden, weil man sie sowieso nicht verstand. Ein sehr kleines Zelt war das allerdings, eines, in dem man zur Sprachnot auch noch Atemnot bekam.

Was war bloß mit ihm los? Hier oben hörte man doch kaum, wie laut es in der Küche war. Und jetzt steckte er sich ja sowieso wieder seine Ohrstöpsel rein. Selbstmitleids-Fieber, dachte sie, und fand es eine treffende Diagnose, so proportional, wie beides in den letzten sechsunddreißig Stunden in ihm angestiegen war. Alles, was ihr sonst an Worten dazu einfiel, klang zu ernst, und außerdem erschreckte es sie selbst. Depression. Todessehnsucht. Sie kannte ihn nicht, nicht so.

Dabei passte seine Phobie vor den Kinderstimmen ins Bild, Kinder machten ihn krank. Er wollte ja keine. Er hatte noch nie welche gewollt. Aber warum strafte er sie, seine Frau, mit dieser demütigenden Ignoranz? Nicht einmal seine Augen ließ er sie sehen.

Anne schloss die Tür hinter sich, ging die Treppenstufen hinab und tauchte in den Lärm ein. Keine Ablage in der Küche war ohne Teigreste, jeder Quadratmeter des Fliesenbodens schien mit Mehl bestäubt. Aber das Chaos leuchtete Anne eher entgegen, als dass es sie wütend machte. Das hibbeligste Mädchen sprang gerade an Laura hoch, die auch in Schürze noch aussah wie ein Topmodel. Im Hintergrund standen zwei Jungs mit gesenkten Köpfen und tippten mit den Schuhspitzen abwechselnd in eine Honiglache. Die Arme des größten Jungen reichten schon hinauf zur Dunstabzugshaube, er klebte die Sterne, die seine Nachbarin ausstach, an den Stahlschacht.

«Frau Lewin, guck mal, ein Sternenhimmel!», rief das Mädchen.

«Aber da werden sie ja nicht kross», sagte Anne.

«Wieso kross? Am Himmel?»

«Wieso krass? Am Pimmel?», äffte einer der Honigtreter die hohe Stimme des Mädchens nach.

«So, alle hier nach vorne an die Mixmax», unterbrach Laura den Aufruhr. «Wer mixt?»

Alle wollten.

«Wer hat noch nicht?»

Das Mädchen, das nicht mehr hochspringen musste, weil es ihm mittlerweile gelungen war, Laura das Haargummi herauszuziehen, war an der Reihe. Anne trennte die Eier, und der Honigjunge sagte, er habe das auch schon gemacht und es sei fotzeleicht. Laura tauchte eine Hand in Mehl und hielt sie dem kleinen Mann vor den Mund. Der spuckte aus.

«Iiiiih! Mehl!»

«Wir wollen deine Worte jetzt hier nicht mehr hören, Kevin.»

«Welche? Auch? Schon? Gemacht?

«Genau.»

«Oder fotzeleicht?»

Die Kinder lachten durcheinander. Laura hielt ihm wieder die Hand vor den Mund, drückte so fest zu, dass er das Mehl fressen musste.

«Mmmhhh», machte er genießerisch.

«Du bist gleich draußen, es reicht jetzt!» Anne drehte sich nach Kevin um und sah ihm fest in die Augen. Sie hatte laut gesprochen, sie wusste, wie entscheidend der Moment war, in dem man das erste Mal überraschend auf Angriff umschaltete. Er verstummte, sah zu Boden.

Laura wischte dem Knirps den Mund ab, gröber, als sie es ohne Annes Überzeugungskraft getan hätte.

Eine Weile wurde konzentriert gearbeitet, weiterer Teig ausgerollt, Kekse wurden ausgestochen, aufs Backblech gelegt und glasiert. Als alles vorbereitet war, zogen die Kinder ihre Jacken an, ließen sich von Laura und Anne die Schuhe binden und wetzten nacheinander hinaus in den Sprühregen. Sie malten mit Kreide, die hier im Dorf immer irgendwer von ihnen in den Taschen hatte, auf dem Deich herum, warfen Steine, hopsten durch Himmel und Hölle.

Erst eine halbe Stunde später schoben die Frauen die ersten Kekse in den Ofen, bald darauf pfiff Laura durch die Zähne und rief die sechs Bäcker ins Haus zurück. Ausgetobt hatten sie noch lange nicht, aber die Kekse waren doch wichtiger. Es folgten die stillsten Minuten des Nachmittags, und selbst die waren laut: Sechs Kinder mit geröteten Gesichtern pusteten auf ein Backblech. Sie wollten endlich probieren. Eine Kinderhand pulte den ersten Mürbeteigmond vom Backpapier. Er ging in Stücke.

«Nix da», sagte Anne, «ich bitte, mir zu folgen.»

In ihren eigenen Ohren klang das künstlich, aber die Autorität von vorher schien noch nachzuwirken. Alle trippelten hinter ihr her. Sie hatte in der Gaststube einen Tisch hergerichtet mit dem Spiel, das die Kinder von Geburtstagen kannten. Das große Päckchen, darauf Messer und Gabel. Daneben Pudelmütze, Schal und Handschuhe. Ein Würfel.

«Wer durchstößt auf die Schokolade, darf das erste

Plätzchen essen. Wechsel bei jeder Sechs. Die erste Sechs fängt an.»

Laura setzte sich mit an den Tisch, Anne sah im Stehen zu, wie die Fetzen flogen.

«Ist da überhaupt was drin?», fragte einer der Jungs, als er die erste Umhüllung des starken Packpapiers eher aufgebrochen als zerschnitten hatte.

«Weiß ich nicht», log Anne.

Jens starrte die geschlossene Zimmertür an. Er schwitzte. Schwitzen sollte doch gut sein. Er tastete nach dem Wasserglas auf dem Nachttisch, sein Hals schmerzte bei jedem Schluck. Durchs Fenster sah er, wie sich das Licht des Tannenbaums, der weit abseits am Deich aufgebaut und nicht zu sehen war, als diffuser Gelbschleier ins Dunkel wob. Die verborgene Weihnachtszeit, die Ahnung eines Baumes, das kannte er. Schräg oben auf dem Dach hatte einer gestanden, pünktlich zum ersten Advent, man sah ihn nur beim Hofgang. Und nachdem einer der Häftlinge die Kerze genommen und sich das Wachs über die Hände gegossen hatte – nicht um zu schreien, nur um tief einzuatmen –, bekamen sie alle keine Kerze mehr. Der Blick an die Decke, die Drehung nach rechts, der Blick an die Wand. *Hallo Jens.* Die Berührung, das Abtasten der Wand, das Streicheln, mit den Fingerknöcheln, mit der flachen Hand. Der Blickkontakt. Meistens zu Fritzi, auch zu Dagmar John oder Saskia. Alle Mädchen aus seiner alten Klasse. Der Kuss. Die Zunge an der Wand, in der Wand. Und Weihnachtslieder auf dem Flur, jeden Morgen eines. Wie man sich an Tradition festhielt, nur weil sie da war. Herrlich, der Regen vor dem Fenster. Die zitternden Hände, wenn Martha ein Päckchen geschickt hatte, das mit goldenem Band umwickelt war, die Angst, eine Miniaturausgabe seiner selbst könnte darin eingesperrt sein.

Ausgerechnet Kevin gewann das Schokoladespiel. Anne sah ihm genervt nach, als er laut jubelnd in die Küche rannte. Sekunden später geschah etwas Unverhofftes: Der Junge kam mit dem Blech zurück und hielt es wie ein Gentleman in die Runde. Ohne sich selbst zu bedienen, bot er allen an zuzugreifen. Was so ein Spiel vermochte, wie es aus einem Rotzlöffel wieder einen kleinen Menschen machte! Der hatte sich den ganzen Nachmittag lang aufgespielt, bis Anne ihm nur noch hatte sein Mundwerk stopfen wollen, und jetzt plötzlich das: *Greif zu! Nimm doch! Du darfst nehmen!* Er wusste nicht, welche Freude er Anne damit machte.

Sie holte heißen Kakao aus der Küche, lächelte in sich hinein. Ließ noch einmal die Lautstärke auf sich wirken, als sie in die Gruppe zurückkehrte. Das war Leben. Im Deichkrug war Leben eingekehrt. Wie weit gingen da die Vorstellungen zwischen Jens und ihr auseinander. Sie sah wieder zu Kevin hin, der jetzt auch Plätzchen aß.

Zur mit den Eltern vereinbarten Zeit sagte Laura, sie bringe noch zwei von ihnen durchs Dorf nach Hause, es sei ja schon dunkel. Anne füllte dünne Plastiktüten mit Plätzchen, jedes Kind griff sich eine, ließ sie vor dem Kopf baumeln und drehte sie mit der freien Hand im Kreis,

Windung für Windung, so lange wie es ging, nur um die Tüte dann zurückschnellen zu lassen. Alle machten sie das, etliche Kekse gingen dabei zu Bruch. Anne sah zu, wie sich die Kleinen auf dem Deich entfernten. Immer wieder wurden sie fast vom Dunkel verschluckt, bis ihre farbigen Jacken und Mützen in den Lichtkegel der nächsten Laterne eintauchten.

Hilf dir selbst, dann hilft dir Gott. Ein Spruch seiner Mutter. Was denn tun, außer Wasser trinken? Das Fieber kam trotzdem, es war ja strafendes Fieber. Man könnte auch mal schlafen. Seine Frau war ungerecht. Es war doch nicht so, dass er ihr nicht auseinandersetzen wollte, was in ihm vorging, aber er war noch nicht so weit. Der erste Schritt musste doch sein, das Klima unten in der Kneipe zu verändern, die Leute zum Reden zu bringen. Die Fragen waren ja gestellt, es gab wirklich genug davon, er hatte sie mitgebracht, erinnert oder vorgefunden ... Warum führte A immer noch die Jagdgenossenschaft an, ohne Pacht zu bezahlen (2005); welcher Storch hatte ausgerechnet den Nachbarn von B die bunten Kinderklamotten gebracht, während man selbst noch die Windeln doppelt benutzte (1982); was bedeutete es schon, dass C in der CDU gewesen war, wenn er dann doch im Deichvorland mit den Grenzern fischte (1980); welchen sozialistischen Gang nahm der Stapel Bauholz, den sich D mühsam erarbeitet hatte (1975); wer hatte die Akten von E verbrannt und auf wessen Geheiß (1989)?

Stumpfsinnige Blicke. Schweigen. Man sah ihn an, als

habe man nie in der DDR gelebt. Dabei waren das nur Annäherungen, Vorstufen, Fußnoten im Vergleich zu dem, was er erlebt hatte, das mussten sie doch zumindest ahnen. Ja, vielleicht ahnten sie, dass er selbst Akten hatte, fünf fette Ordner, die seit Mitte der Neunziger oben auf dem Dachboden lagen.

So dumm wie die Menschen glotzten, konnten sie nicht sein. Aber wer verordnete ihnen Zurückhaltung? Jens kam es mittlerweile vor, als steckten sie alle unter einer Decke. Das rote Stolpau, in dem *ein* Zaun ausgereicht hatte. Sogar die ruhigeren alten Männer, jene Gäste, die er noch nicht verloren hatte, taten so, als gehörte er hier nicht her, gehörte nicht dazu. Sprachen sie untereinander über ihre Vergangenheit, waren sie mit ihren Ermittlungen längst zu einem Schluss gekommen? Vielleicht dachten sie, dass er, ausgerechnet *er*, nachts hier oben saß und aufschrieb, wer wen wessen verdächtigte. Oder rührte ihr Misstrauen daher, dass er Journalist gewesen war? Was hatte er sich nicht alles reingezogen: *Ein Wirt sortiert, kommentiert, dosiert Witze, schafft bestenfalls Cliffhanger am Ende einer durchzechten Nacht.* Alles Theorie, Klugscheißerei, Ratgebermaterial aus dem Onlineprofil «Gastronom». Nichts konnte er hier damit anfangen.

Und klar, sein Fieber stieg.

Ich lasse sie doch alle anschreiben, dachte Jens, diese Narzissten, die vom Kollektiv redeten und sich am liebsten den ganzen Tag in der Elbe gespiegelt hätten. Und die anderen, denen kein Recht geschehen war, die verschanzten sich hinter Riegeln und Schlössern und Ketten.

Die alte Dame, die sie gleich 1991 um den LPG-Inventarbeitrag beschissen hatten. Über die sie sich noch lustig machten, die Unerschütterlichen. Immer an der Spitze Hans Brüggemann, den er einfach nicht aus dem Kopf bekam, der allen Ernstes in *dieser* Kneipe die *Freiheit der Sperrzone* abgefeiert hatte! *Ja, damals, wir haben doch nicht mal das Haus abschließen müssen*, hieß es, *konnte ja keiner kommen, nie störte jemand und drang ein.* Also war das des Lebens Sinn und Qualität gewesen, dass man SICH SEINER SICHER gefühlt hatte hier draußen? *Was wollt ihr denn*, hieß es, *die Vopos haben doch auf euch alle aufgepasst, auf eure Häuser und Höfe, auf eure Katzen und Kühe*, und das Fieber nahm zu, er konnte das nicht *nach-denken*, ohne heißzulaufen. Seine Mutter kam ihm in den Sinn. Martha, die gekämpft hatte, die Zusammenkunft wollte, ihr Leben lang, ein Gasthaus, für alle, ohne Angst. Und dann gab es eines, und Hans Arschloch Brüggemann kam daher und redete von den guten alten Zeiten der *offenen Türen*! Hans Brüggemann, der siebzehn Jahre später noch immer nicht die Leerstelle sah, in der *er selbst* hätte geschehen müssen, statt drauf zu achten, dass *ihm nichts* geschehen konnte! PASSIERSCHEIN! Sollte der am Ende die Sicherheit geben, dass alles nur *scheinbar passierte*?

An der Tankstelle hatte Anne den Wagen abgestellt, war in das Auto von Jo Brüggemann gewechselt. Gerade kam er mit zwei Schokoriegeln aus dem Bistro zurück, hielt ihr einen davon hin. Sie schüttelte den Kopf.

«Hab genug Süßes gehabt heute.»

«Dann nicht», sagte er, riss eine der Verpackungen auf, biss in die Schokolade. «Ich krieg ja hier nix zu essen außer trocken Brot.»

«Ohh», machte sie mitleidig.

«Mein Vater hat sich immer nur was machen lassen, der kann gar nix Warmes, und …»

«Und bei uns kriegen Sie ja auch nichts.»

«Kriegst du.»

«Ja, du, sorry.»

«Ich hätt's nicht ganz so anklagend gesagt», sagte Jo, «ist ja nicht deine Schuld.»

So, wessen denn?, dachte Anne, aber es war viel zu früh, um schnippisch zu werden. Jo Brüggemann biss zu, kaute an einem dicken, schleimigen Brocken Schokoriegel mit Karamell und lenkte sein Auto derweil durch ein Fünf-Uhr-Halbdunkel, in dem es stürmisch zuging. Eine Gruppe Spatzen war dem Wind ausgeliefert, sie wurden von den Böen hin und her geworfen, sodass sich dreidimensionale Muster bildeten. Netze, dachte Anne, schwarze Spatzensturmnetze.

Anne erzählte von ihrem Nachmittag mit den Dorfkindern. Jo wusste nicht, welche Ausstellung in der Kunsthalle lief. Anne dachte wieder daran, dass sie Jens angelogen hatte. Immerhin: Dass sie mal rausmusste, das stimmte. Aber dann hatte sie ihm erzählt, sie wolle Sandra besuchen, und die sogar auf einen möglichen Anruf von ihm vorbereitet. Schrecklich. Schon dass sie zum Tee bei Brüggemann gewesen war, neulich, hatte Jens als Vertrauensbruch empfunden.

Jetzt schwärmte Jo von Laura, die ihn in Stolpau so

überflüssig machte. Seitdem sei er auch auf der Arbeit ein ganz anderer Mensch.

«Wie anders?»

«Ausgeglichener.»

«Warst du vorher nicht?»

«Nein.»

Sie näherten sich noch einige Male auf dem Weg nach Hamburg ernsthaften Gesprächen an, kamen aber kaum über solche Vierzeiler hinaus. Nichts konnte Anne nach der Weihnachtsbäckerei besser gebrauchen als Ruhe, nichts quälte sie mehr als Ruhe. Unentschlossen drehte sie am Radio herum.

Durch die Ortschaften zog sich Feierabendverkehr. Sie brauchten gut anderthalb Stunden, um von Niedersachsen nach Mecklenburg zu fahren, Schleswig-Holstein zu durchkreuzen und schließlich von der Freien Hansestadt empfangen zu werden.

Jo zeigte ihr zuallererst seine Altonaer Wohnung. Es komme ihm vor, als lerne er Hamburg erst jetzt wirklich kennen, sagte er. Seit vier Wochen lebte er nicht mehr südlich der Elbe. «Seit Laura», nannte er die neue Zeit wieder.

Anne fand das Kopfsteinpflaster vor dem Haus schön, die Zimmerdecken zu niedrig, die Küche aber wiederum schön groß. Alles war ordentlich aufgeräumt.

«Im Vergleich zu deinem Domizil in Stolpau ist das ja geradezu luxuriös.»

«Wir sind halt Bauern.»

Anne verstand nicht sofort, Jo erklärte, wie wichtig die Tiere und das Heu einst gewesen seien und dass die bescheidenen Bauern auf dem Dorf früher höchstens ein Drittel der Hallenhäuser als Wohnfläche genutzt hätten.

«Die Kühe waren unsere Chefs. Hab ich immer so empfunden. Der Mensch hat sich zurückzunehmen.»

«War das so?»

Er nickte. «Vor allem als mein Großvater noch gesund war. Als Kind ging mir das ziemlich auf die Nerven.»

Sie ließ sich aufs Sofa im Wohnzimmer fallen. Jo ging in die Küche und kam mit einer Hamburger Veranstaltungszeitschrift zurück, setzte sich neben sie. «Oder hatten wir uns jetzt geeinigt?»

«Ich dachte. Den Woody Allen, oder?»

«Ja, gut ... Was guckst du so? Ich hab kein' Plan für den Abend gemacht.»

«Wir können auch ins Konzert. Zeig mal.»

Sie sah auf die Uhr, es war kurz nach sieben. Anne kannte die Bands nicht, die angekündigt waren, und Jo konnte offenbar noch nicht mal was mit den Namen der Clubs anfangen. Er wägte viel zu lange ab und versuchte mit Seitenblicken ins Magazin, sein Unwissen zu überspielen.

«Also komm, los. Kino», sagte sie lachend, nahm seine Hand und zog ihn vom Sofa hoch.

Es tat ihr gut, durch eine Großstadt zu laufen. Unter einer S-Bahn-Brücke hindurch. Menschen sehen. Wintermützen. Atem in der Luft. Vergilbte Imbissfotos, auf denen man nicht mehr erkannte, ob die abgebildeten Speisen echt waren. Kleine alterslose Frauen mit Kopftüchern. Ein Schwarzafrikaner in Daunenjacke, für die es eigentlich noch nicht kalt genug war. Paare. Sie liefen an den Schaufenstern vorbei. Ein Innenausstatter, dessen Möbel auf verschiedenste Art alle ein bisschen nach Bauhaus aussahen, aber alle ein bisschen zu wenig. Seelenloses Zeug, dachte sie und ging schließlich mit Jo in einen Laden, der neben Kaffee aus Übersee eine Menge Kannen und Tassen führte. Von einer Linie gefiel ihr sowohl die Espresso- als auch die Cappuccinotasse besser als diejenigen, die sie im Deichkrug hatten. Sie überlegte, ein Set zu kaufen, um es Jens zu zeigen. Jo hielt sich im Hintergrund. Um Rat konnte sie ihn nicht fragen, er konnte die Tassen ja nicht vergleichen, weil er nie in die Kneipe kam. Sie stellte das Porzellan ab.

«Ich komm ein andermal her», sagte sie, da standen sie schon wieder auf der Straße.

Beim Aufstehen, beim Aufsetzen der Füße wurden auch die Schmerzen beweglich, wanderten in seinem Kopf hin und her. Er machte drei Schritte, da waren seine Füße schon kalt. Nach den fünf weiteren bis ans Fenster waren sie eiskalt. Er ging durch das Arbeitszimmer bis hinaus auf den Korridor, stand am Treppengeländer, stützte sich ab, und die Luft fegte ihm in die Ohren, als wäre sie Fahrtwind, als stünde er auf dem Bock einer Kutsche und eine Kurve, ein Stein auf dem Weg würde genügen, um ihn zu Fall zu bringen. Seine Hände krampften sich am Geländer fest. Er ließ los, taumelte rückwärts. Sich dem Durchgangszimmer zudrehend, sah er dort in einer Ecke seinen alten Koffer stehen.

Er ging hin, kippte ihn mit dem Fuß um, schob ihn

mit beiden Füßen in die Mitte des Raumes. Sich zu bücken kostete Überwindung. Er öffnete den Koffer. Ganz obenauf lag das Kasperle. Jens nahm es, befestigte es mit einer Schnur an einem Nagel, der im Deckenbalken steckte. Wenn er dem Kasperle die Mütze nach hinten warf, streckte es sein Kinn dem Mondlicht entgegen. Er zog an der Puppe. Der Kopf schmerzte selbst bei dieser leichten Bewegung, und für einen Moment hatte er Angst, nicht das Kasperle könnte herunterkommen, sondern der Balken brechen und das Haus einstürzen.

Jens ging zurück zum Koffer und sah hinab auf seine eigene phantastische Bibliothek. Alles ostdeutsche Ausgaben, viele von seinem Onkel aus Berlin. Obenauf die Abenteuer des Piloten Pirx von Stanislaw Lem. Seltsam, Jens wusste noch, dass ihm die Anordnung der Erzählungen in diesem Buch einmal etwas gesagt hatte. Aber was? Er schlug es auf, und schon ein Blick auf die Titel genügte. Es begann mit einer Patrouille im Weltraum, die für Jens einmal das perfekte Abbild der Grenzpatrouillen vor der Haustür gewesen war. Er erinnerte sich, es war eine Geschichte der Langeweile, die allein von der Zwangsvorstellung lebte, dass *irgendwann irgendetwas* passieren müsse. Die Erzählung, die sich anschloss, handelte von einer Jagd, von Bewaffnung, von der Vernichtung eines Abtrünnigen. Auch wenn dieser Abtrünnige, wie er jetzt nachlas, kein Mensch, sondern ein außer Kontrolle geratener Roboter war, konnte die Abfolge kein Zufall sein. So hatte er einmal gedacht: Erst Patrouille, dann Jagd – Lem nahm den Schießbefehl aufs Korn.

Aber war das mit den anderen Büchern nicht auch so gewesen, hatte er als Jugendlicher nicht alles, was er las, alles, was er im Gespräch mit Petr Jablonski erfuhr, in seinem Kopf auf dieses Land übertragen?

Seine kleine Bibliothek hatten sie ihm auf einem Rollwagen ausgehändigt, bevor er im Dezember neunundachtzig als einer der Letzten aus dem Tor trat. Über fünfzig Bücher, einzeln in Folientüten verpackt, und obendrauf hatte das Kasperle gelegen. Der Kopf des Ministers wurde konfisziert, von wem und für wen auch immer. Das Kasperle aber bekam er wortlos zurück.

Er hatte das alles kurz darauf hier abgestellt. Der Zaun war schon größtenteils verschwunden. Der Turm stand nicht mehr. Dünn, fahl wie die Asche seiner Zigaretten, mit denen er verwachsen zu sein schien, stand er auf dem Deich und bohrte die Fußspitzen in die Löcher der Kolonnenwegplatten. So hatte es Martha erzählt. Einen Fernseher hatten sie ihm gekauft und lauter neue Klamotten, die gewaschen, gebügelt und gefaltet auf den Fensterbrettern lagen. Nur den Fischgrätenmantel hatte er angezogen. Er stand da draußen in der Kälte und rauchte. Wenn Martha ihm zu nahe kam, wenn sie zu viel redete, legte er den Finger auf die Lippen. Dabei versuchte sie nur, die Rauchblasen zu deuten, die er ausstieß, Denkblasen, Sprechblasen daraus zu machen.

Im Dezember 1989 wollte er auch Petr Jablonski besuchen, aber der Schuppen schien verwaist. Am 30., als Jablonski bei Lewins klingelte, war Jens schon in den Westen aufgebrochen. Nicht einmal bis zum neuen Jahr hatte er es in Stolpau ausgehalten – und danach war er fünf Jahre nicht in Stolpau gewesen, hatte sich nur von Martha und Ludwig besuchen lassen.

Jens konnte die Finger kaum krümmen vor Schwäche. Durchs Fenster sah er auf den Bauwagen, in dem noch Licht brannte. Eine schöne Frau, verständlich, dass sich Jo an die ranmachte, wie Anne es erzählt hatte. Schön auch, dass sich Anne und Laura so gut verstanden. Aber alles kein Trost.

In diesen Stunden war zum ersten Mal das Gefühl ganz stark, dass er mit dem Umzug sein eigenes Urteil gefällt hatte. Ein Verderben, von Beginn an, und er war lachend hineingelaufen. Er hatte seine Kräfte überschätzt, oder er war nie bereit gewesen für den Neuanfang. Zehn Wochen lag die Eröffnung jetzt zurück. Das war ja keine Zeit.

Jens hob die Puppe vors Gesicht:

«Wir wissen, was Scham ist, was, Kasperle?»

Kasperle nickte.

«Sonst weiß das ja keiner hier.»

Kasperle versuchte, die Schultern hochzuziehen, aber die Gedanken lasteten schwer auf ihnen. Es tat weh, auch Jablonski zu verlieren. Was war hier in den drei Jahren vor der Wende passiert, was hatte Jo dem bloß erzählt, wieso war deren Kontakt denn nicht sofort abgebrochen? Jablonski war doch *sein* Freund gewesen, *sein* Mentor, Jo hatte sich ihnen doch nur aufgedrängt.

Jetzt fröstelte ihn wieder. Laura war immer noch nicht schlafen gegangen. Sah schön aus, wie das Licht aus den kleinen Fenstern des Bauwagens strahlte. Er wollte rauchen, nicht krank sein. Er dachte an Anne und wie sie ihn durchs Leben begleitete, wie sensibel sie damals aufgenommen hatte, dass er über zwei Jahre im Knast gewesen war. Anne war immer für ihn da gewesen und hatte ihm doch genug Raum gelassen, für sich zu sein. Und dieses Gleichgewicht hatte sie jetzt über vier Jahre aufrechterhalten. Es gehörte dazu, dass sie rücksichtsvoll und edel war, und es gehörte dazu, dass er nicht über alles sprach. Das war der Status quo. War nicht mittlerweile zu viel Zeit vergangen, um noch Einzelheiten preiszugeben? Anne würde beginnen zu relativieren, wo es nichts abzuwägen gab. Er hatte Angst, dass sie ihm seine größte Dummheit nicht verzeihen könnte, er hatte Angst, dass sie *nicht verstand* ... Wenn auch nur einer von Brüggemanns Konsorten ahnte, was er Anne verschwieg, der würde doch sofort den Keil ansetzen und ihn in die Spalte ihres Doppelbettes treiben, bis das Holz splitterte und brach. Der würde doch über sie herfallen mit seiner Wahrheit. *Du, über deinen Mann muss ich dir aber mal was erzählen* ... Was würde sie dann tun? Am meisten Angst hatte er davor, dass sie davonlief.

Jens nahm die Puppe mit unter die Bettdecke.

Sie hatten «Zelig» gesehen, Woody Allens Pseudodoku über den Anpasser, der zum Star wurde. Anne hatte den Film schon im Vorfeld ausgesucht, im Netz. Sie kannte ihn aus den Anfängen ihres Studiums, und wenn sie sich richtig erinnerte, war sie damals schon genauso begeistert gewesen wie jetzt.

«Dieses *no more pancakes* ...»

«... bei Miss Fletcher ... wo sie ihn in Hypnose –»

«Ja. *I love you ... but no more pancakes*», lachte Anne. Sie freute sich, dass Jo der Film gefiel. Auch er hatte noch weitere Sätze und Sequenzen parat. Aber dass Leonard Zelig als weißhäutiger Hauptdarsteller im Interview mit einem Schwarzen dessen Hautfarbe annahm, fand er albern.

«Und dann der Schluss!», sagte sie.

«Der Flug?»

«Ja.»

«Also das hab ich überhaupt nicht verstanden», meinte Jo.

«Das ist doch super. Rückwärts über den Atlantik fliegen, und dann noch berühmt werden damit.»

Sie gingen die ganze Zeit nach Süden, waren schon auf St. Pauli.

«Wir Norddeutschen haben's eben eher mit der Seefahrt», sagte er, «ob du's glaubst oder nicht: Geflogen bin ich noch kein einziges Mal im Leben.»

Anne blieb stehen. Sie bogen gerade auf die Reeperbahn ein. Auf den ersten hundert Metern liefen ihnen gleich drei Weihnachtsmänner in voller Montur über den Weg, die aus Jutesäcken Kondome verteilten. Dann kam aus einem Laden Musik. Den Rummel draußen auf der Straße, den gab es immer und würde es immer geben, aber komisch – da öffnete man eine Tür und stand plötzlich in der Vergangenheit.

Das «Lehnitz» bestand fast nur aus einem großen Hufeisentresen, der mit blanken Aluminiumplatten vernietet war. Die Getränke hielt man allgemein in der Hand, denn es spielte die Hausband, wobei Sänger und Gitarrist den Tresen als Laufsteg nutzten. Sie coverten James Brown. Jo erwischte die Kellnerin. Er bestellte Bier für Anne, sich selber eine Cola. Schon im Kino hatte er keinen Alkohol getrunken.

Unterhalten konnte man sich hier kaum. Und was für Typen! Schwarzgefärbte Haare, freie Oberarme, Tattoos bis zum Ohrläppchen. Keine Biker, aber auch keine Gruftis. Eher ausgestorbene Reptile, sogar die wenigen Frauen.

Einer der Tresengäste tickte Anne an, wollte mit ihr tanzen, sie lehnte höflich ab.

«Was wollte der denn?», fragte Jo, obwohl das offensichtlich gewesen war, der Fremde hatte ein paar Hüftbewegungen gemacht.

Das Bier kam, Anne setzte sofort die Flasche an.

«Ist dir so 'ne Kneipe unangenehm – ich meine, du bist doch Polizist?», fragte sie Jo.

«Nö, wieso?»

«Na, Rudi Dutschkä, was is mit diä?», wurde Jo von seinem pockennarbigen Nachbarn angebrüllt. «Ich dachte, dich ham se erschossen.»

Jo strich sich prompt den dunklen Seitenscheitel aus dem Gesicht. Den Vergleich hörte er nicht zum ersten Mal, und er hätte gern schlagfertig darauf reagiert. Aber die Chance war schon vertan:

«Ach nee, doch nich. Hab dich verwechselt.»

«Mit wem denn?», brüllte Jo zurück.

«Mit dem Colatrinker vom Dienst.»

«Aha.»

Damit schien das Gespräch beendet. Die Band spielte die Unzufriedenheitsnummer der Stones. Anne hatte, während Jo mit dem Typen redete, zu tanzen begonnen, zu wippen wenigstens.

«Issas deine Biene?», schrie die Pockennarbe und war jetzt nah genug, dass Jo seine Fahne roch.

«Nein.»

«Das ersse Mal hiä?»

Er schüttelte den Kopf.

«Kucks aber wie einer aus'n Osten.»

Jo sah dem Fremden von unten in die Augen.

«Uiuiui», sagte der und winkte ab. Die Musik hörte auf, der Ton des Betrunkenen wurde sofort vertraulich. «Ich mein ja bloß», und er fasste nach Jos Schulter, die dieser zurückzog, «hiä mitter Cola anfang'. Die kanssu trinken, wenn du tot bis'.»

Die Musik setzte wieder ein. Der Typ schrie: «Also bissu vielleicht doch der Dutschkä.» Und während er die Bedienung herbeiwinkte und ihr zurief: «Mach ihm ma'n Kuba hiä, der is nich locker genuch», sprang Jo vom Barhocker. Der Typ, der Anne vor Minuten aufgefordert hatte, war jetzt dabei, sie anzutanzen. Er war nicht nüchterner als Jos neue Tresenbekanntschaft.

Nur langsam drehte sich Anne Jo zu. Zwei Songs dauerte es, bis sie einander ansahen, aneinander herab. Er hob die Füße nicht beim Tanzen, stand höchstens mal auf der Außenkante seiner Sohlen, er machte auch ein bisschen zu viel mit den Armen, das war alles nicht südamerikanisch, aber weniger unbeholfen, als sie es sich ausgemalt hatte.

Wie in den Siebzigern poste der Gitarrist auf dem Tresen herum. Alles war live, alles war gestrig. Und doch holte es sie ab. Sie dachte an die lauten Kinder. Stellte ihr Bier ab, senkte den Kopf und schloss die Augen. Sie nahm den Eindruck mit ins Dunkel, wie sich die Hausband Kommandos gab, die Akkorde zu wechseln, wie sie untereinander kommunizierten. Dann stellte sie sich keine Menschen mehr vor, überließ sich der Musik.

Als sie wieder aufblickte, legte sie Jo die Hände auf die Schultern, er umfasste ihre Hüfte, zog sie zu sich heran, aber anscheinend nur, um ihr nicht in die Augen blicken zu müssen. Sie spürte, wie er schluckte. «Super hier, oder?», sagte Anne, als sie die Arme herunternahm.

«Find ich auch.»

In die Verlegenheit schrie Pockennarbe: «Türlich issas seine Biene», und wankte an Jo vorbei Richtung Klo.

Anne legte eine Hand an Jos Hals. Als er sich die Haare hinters Ohr klemmte und sie ansah, bekam der Moment etwas furchtbar Vertrautes. Sein Blick war anders geworden, unschärfer, wärmer. Jedenfalls war sie es, die die Augen zuerst senkte.

Dann war es wieder Jo Brüggemann, der rätselhafte kleine Mann aus Stolpau, mit dem sie tanzte. Der nicht irgendeinen Stuss daherredete. Der Vögel beobachtete, weil sein Vater das auch tat. Der einen Parka trug und als Polizeifunker arbeitete. Über dessen Leben es nichts zu erzählen gab. Der Laura geküsst hatte. Dessen Aftershave gut roch. Der ihren Ehemann um den Verstand brachte.

Sie kamen um drei Uhr aus dem «Lehnitz». Die Reeperbahn lebte. Jo hatte ganz zuletzt mit Pockennarbe und ihr einen Wodka gekippt. Sie gingen nebeneinanderher, und einmal war der Abstand so groß, dass Jo von einer Prostituierten angesprochen wurde. Anne sah hinauf in die flackernden Lichtbänder und -reklamen. Dann waren sie in eine der dunklen Nebenstraßen eingebogen, wo ihnen schon eine Kehrmaschine entgegenkam.

Noch als sie ins Auto stiegen, dröhnte es in Annes Ohren. Innerhalb von wenigen Minuten lag die Stadt hinter ihnen, nur Hamburgs Rauch hing noch in den Klamotten. Auf der Autobahn kam es ihr vor, als führe Jo doppelt so schnell wie auf der Hinfahrt, eine Zeit lang krallte sie ihre rechte Hand im ledernen Türgriff fest. Sie tat so, als würde sie schlafen.

Auf der Landstraße starrte Anne auf den weißen Strich am Rand der Fahrbahn. In einer Kurve beugte sie den Oberkörper nach links und legte den Kopf auf seine Schulter. Da lag er nun, die Kurve ging vorüber, und sie ließ ihn einfach liegen.

Jo streichelte sie. «Du hast schöne Haare», sagte er.

«Nein, *du* hast schöne Haare», sagte sie und schob ihm eine Hand zwischen Pullover und Hemd, bis hinauf zum Schlüsselbein. So fuhren sie durch Geesthacht, kein Wort fiel. In Lauenburg war Annes Hand gewandert, sie streichelte Jos Nacken, ihr Daumen strich langsam unter seinem Ohr entlang.

An der Tankstelle in Neuhaus, wo ihr Wagen geparkt war, stieg sie aus. Jo fuhr vor nach Stolpau. Sie schaltete Fernlicht ein, um ihn zu blenden. Er antwortete mit Warnblinklicht. Jo hielt auf der Stichstraße, Anne blieb neben ihm stehen. Sie ließen die Fenster herunter.

«Ich fahr auf den Hof, park du mal hinten unterm Deich, auf dem Versorgungsweg.»

«Aber …», flüsterte sie noch einmal und sagte dann: «Ich warte da.»

Anne saß im Auto. Die Gehöfte konnte man von hier nicht sehen. Sie erkannte eine kleine dunkle Gestalt, die näher kam. Erst als er direkt vor ihrem Wagen auftauchte, bemerkte Anne an Jos Haaren, wie windig es war. Sie öffnete das Fenster, wollte ihn mit «Herr Kommissar» ansprechen, fragte dann aber nur, ob Jens schlafe. Jo nickte, alles sei dunkel. Er zog sie aus dem Wagen und griff ihr um die Hüfte. Die andere Handfläche strich über Annes Wange, mit dem Fuß stieß er die Autotür hinter ihr zu.

«Komm. Ich weiß was.» Und er löste sich von ihr. Anne ging hinter ihm her, den Versorgungsweg entlang, bis er wieder auf die Hauptstraße führte. Dort folgten sie dem Feldrain Richtung Dorfmitte.

Jo streckte seinen Arm nach hinten aus, nebeneinander konnten sie hier nicht gehen, rechts war der Graben, links das matschige Feld.

«Pass auf, könnte nass werden.» Er hielt jetzt übers Stoppelfeld aufs verdunkelte Dorf zu. Kein Hundebellen, nur Wind. Auf dem Feld stand die Stromversorgung des Ortes, ein kleiner Backsteinturm. Jo fingerte einen Schlüssel aus der Tasche, die Tür befand sich auf der dem Dorf abgewandten Seite. Er erklärte nicht, was er da tat, tippte nur auf das gelbe Schild – *Lebensgefahr.*

Mit einem Feuerzeug zündete er eine Kerze an und stellte sie auf etwas, das Anne für den Stromverteiler hielt. In der Mitte des Turms, dessen Grundfläche keine zwei mal zwei Meter maß, stand ein alter Bauernsessel, in den sich Jo rücklings fallen ließ. Er schien überhaupt keine Angst zu haben.

«Wir dürfen nur nirgends gegenkommen.»

«Bist du verrückt? Das ist mir zu …»

Jo zog sich Anne auf den Schoß, legte ihr eine Hand auf den Oberschenkel, küsste ihren Hals, wild oder geil oder unbedarft, rückte auf ihrem Kinn vor, bis sich die Lippen trafen, weich aufeinander, ineinander. Er holte eine Decke hinter dem Sessel hervor und spannte sie, beide Arme ausgestreckt, über ihren Köpfen aus. Als er sie fallen ließ, roch die Decke leicht nach Hund. Anne saß gespreizt, ihre Knie ragten über die hohen Polsterlehnen des Sessels, jetzt küssten sie sich wieder, und als sie sich fragte, woher er wohl den Schlüssel für diesen Turm hatte, öffnete Jo ihr gerade den Gürtel. Sie stand auf, streifte seine Schuhe von den Füßen, ohne Bänder zu öffnen, zog seine Hose runter, dann ihre. Ohne Jacke wäre ihr zu kalt gewesen. Sie warf sich die Decke über, bückte sich, hielt ihre Haare im Nacken fest, nahm sein steifes Geschlecht in die andere Hand, schob sich die Eichel in den Mund. Jo öffnete seinen Parka, ausziehen konnte er ihn nicht, so in den Sessel gedrückt. Er hatte ihren Kopf in beiden Händen, sie spürte, dass er zitterte. Der Wind pfiff um den Turm, er war viel lauter als das Stromsirren drinnen.

«Hast du was dabei?», fragte Jo erregt.

«Vom Weihnachtsmann», flüsterte Anne und lachte. Er war ihr hilflos ausgeliefert, wollte ihr auch Gutes tun, konnte sich aber nicht bewegen, ohne sie von sich zu stoßen. Sie nahm seinen Hodensack in die kalte Hand, hob ihn an, schob seine Beine zusammen, damit ihre Knie sich links und rechts daneben in den Sessel graben konnten. Eng war das, aber es gelang. Sie zog ihm das Kondom über das Glied, führte es in sich ein, die Decke rutschte herunter, und als sie ihn spürte, bewegte sie sich nicht, sondern zog doch die Jacke aus, die in sein Gesicht drückte, den Pullover sogar. Er führte seine Hände von ihrem Po, den sie zu dick fand, über den Rücken vor bis auf ihre Brüste, die sie etwas zu klein fand. Anne ging auf und nieder. Jo knöpfte ihr die schwarze Bluse auf, Knopf für Knopf, langsam und, wie es schien, genießerisch, aber als sie zu ihm hinuntersah, bemerkte sie, dass er gar nicht auf ihren Körper fixiert war. Jo starrte an ihr vorbei in Richtung Tür, als müsste die jeden Moment aufgerissen werden und jemand sie erwischen. Seine Arme zitterten immer noch. Und dann stöhnte er leider schon, damit sie wusste, dass er kam und sie «Noch nicht!» rufen und er «Zu spät» antworten konnte.

Sie tauschten die Plätze, Anne lag im Sessel, streckte ihm ihre Scham entgegen, in der er mit Fingern und Zunge spielte, und Anne war lauter als der Wind, der um den Turm pfiff, wesentlich lauter als das Stromsirren drinnen. Sie trat die Kerze um, die Kerze ging aus. Damit er sich nicht von ihr abwendete, zog sie seinen Kopf tief in ihr Geschlecht, bis sie mit dem Sessel nach hinten kippte, beinahe umkippte vor Seligkeit. Und da, nein, erst als sie noch einmal küssend aufeinandergesessen hatten, Jo wieder unten, danach erst kam die Stille zurück, in der es an Worten fehlte, und es war erst jetzt wirklich stockdunkel, und dann mussten es gleich die Worte sein, die ihre Welten blitzartig zerteilten.

Jo: «Ich wollte nicht, dass das passiert hier.»

Anne enttäuscht, Anne stumm.

Jo: «Ich dachte nur, du warst bestimmt noch nie hier drin.»

Anne stieß sich von ihm ab. Sie wusste nicht, was das sollte.

Jo: «Was is'n? Das ist der Turm, Anne. Das weißt du doch. Sag mir bitte, dass du das weißt, Anne.»

Er zog sich die Hose hoch.

«Sag mal, Jo», und alles, was gerade geschehen war, fiel von ihr ab, weil stattdessen ihr Mann vor ihr stand, fiebrig krank, und sie fühlte sich so elend wie er. Sie hatte das Feuerzeug auf dem Boden ertastet, hielt ihm die Flamme vors Gesicht. Da, genau da war es an der Zeit, eine dieser Fragen zu stellen, die sich erst in den letzten Tagen in ihrem Kopf festgesetzt hatte und die nur dann eine gute Frage war, wenn sie eine Reaktion hervorrief, von der sie nichts ahnte:

«Warum saß mein Mann eigentlich im Knast?»

Jo Brüggemann enttäuschte sie nicht. Er starrte sie an, lange, apathisch lange, vielleicht starrte er durch ihr Gesicht auf die Tür des Trafoturms. Sein Blick hatte etwas Idiotisches.

«Jo? Hast du gehört?»

Das Feuerzeug wurde zu heiß, Anne konnte es nicht

länger halten. Alles, was sie im Dunkel hatte, waren die Geräusche. Er hob wohl sein Becken im Sessel, machte sich die Hose zu, schien sich auf dem Rücken zu winden, zappelnd wie ein Fisch, stieß sich doch nach vorne ab, kam auf die Beine, packte seine Schuhe, rannte Anne fast um, wand sich unter ihrem Arm hindurch ins Freie. Eine Filmszene, unbedingt. Vom Straßenlicht erfasst, lief Jo Brüggemann auf Socken übers Feld, weg vom Dorf, in die Nacht.

elf

Drei viertel sieben in der Früh. Noch in die Klangfahne des dritten Glockenschlages der Pfiff aus dem Fenster. Hastig werden letzte Brotkanten verschlungen. Ein dunkles Quietschen. Die große Tür, durch die früher die Erntewagen ins Haus gefahren sind, öffnet sich hier wie dort nur so weit, dass jemand zum Hof hinausschlüpfen kann.

Zwei verschlafene Jungs pendeln ihre Ledertaschen aus, bis hinunter zum Weg ohne Blickkontakt, eine Wiese zwischen sich, die Kühe. Sie gehen der Morgensonne entgegen, und es ist, als folgten sie zwei Parallelen, die sich niemals schneiden, als wohnten sie eben einfach nebeneinander.

Und so ist es ja auch.

Als die Hofausfahrten auf den Weg treffen, ist der Blonde vorn. Sein Elternhaus steht näher zur Dorfmitte, wo der Schulbus hält. Er macht ein paar langsame Schritte, bis der andere aufschließt. Der kleine Dunkle hat die blaue Schiebermütze auf, die schon sein Großvater als Kind getragen hat. Ums Kinn fusselt spärlich Bartwuchs, der soll ihn nicht älter machen, er kümmert sich bloß nicht darum. Der Blonde neben ihm ist fast einen Kopf größer, etwas korpulenter, auch kein Mädchenschwarm.

Der Dunkle trägt eine Armbanduhr, die er gerne herzeigt. Er weiß nicht nur, dass die Grenzanlagen gefährlich sind – das hat ihm sein Vater schon früh eingeschärft –, sondern auch, warum. Schließlich ist er in der *Gesellschaft für Sport und Technik* und zudem Klassenbester in Physik. Der Blonde schreibt gern, macht aber nicht mehr mit bei der Wandzeitung, seitdem es einem anderen Schüler verboten wurde. Er hat lange Zeit die AG Theater besucht, wollte sich allerdings auf Dauer nicht mit Nebenrollen begnügen. Wie der Blonde hasst der Dunkle die Fahnenappelle, diese Aufstellerei, doch er lässt es sich weniger anmerken, weil er einen Vater hat, der im Elternaktiv ist und Fahnenappelle für notwendig hält. Der Vater des Dunklen macht so ziemlich alles, was das Land weiterbringt, er ist sogar als *Freiwilliger Helfer der Grenztruppen* unterwegs. Der Vater des Blonden hingegen ist noch nicht mal Stolpauer. Ein Kriegsflüchtling bloß, der jetzt schon lange Fliesen und Sanitärkeramik produziert, sich für die Stelle aber nicht hat in die Partei zwingen lassen.

Der Dunkle ist mittlerweile alt genug, um alleine auf dem Trecker zu sitzen. Er hilft an Sommerabenden oft auf dem Feld und muss dafür zwischen Schutzstreifen und 5-km-Sperrzone hin- und herfahren. Doch während er einen Vater hat, der ihm erklärt, dass die Kontrollposten auch nur ihre Pflicht tun, gehen die Typen am Schlagbaum dem Blonden schrecklich auf die Nerven. Er versteht nicht, dass man sich jahrelang kennt und täglich grüßt, um plötzlich seine Papiere vorzeigen zu müssen. Der Blonde sagt: «Ich hab eine Sondergenehmigung des Bezirksratsvorsitzenden.» Oder: «Ganz schöner Westwind heute, was?»

An diesem schon viel zu warmen Sommermorgen schwänzt der Blonde Staatsbürgerkunde und erklärt in der Mittagshitze, dass an Fächern, für die nur eine Wochenstunde vorgesehen ist, sowieso irgendwas faul sein müsse. Er wird vorgeladen zum Schulleiter. «Was hab ich denn getan, um Gottes willen?» Gott möge er mal lieber gleich aus dem Spiel lassen und sich seine Worte genau überlegen, heißt es von der anderen Seite des Tisches. Man ist höflich, sagt aber auch, dass man jetzt genug Geduld mit ihm bewiesen habe und ob er überhaupt wisse, wie sehr sich seine Eltern dafür eingesetzt hätten, dass er seinen Abschluss machen dürfe. Eine Leuchte sei er ja nun nicht gerade.

Am liebsten möchte er ihnen sagen, dass er später nicht zur Armee geht. Er stellt sich den Aufruhr vor. Ach, das *auch* noch? Und: *Warum* denn nur? Ja, Zivildienst fände er sinnvoller. Zivildienst?? Wo er das Wort denn aufgeschnappt habe. Und er würde mit den Schultern zucken.

Er sagt das alles nicht, und doch wird die Sache jetzt ernster, denn die drei Lehrer verrücken die Stühle, als hätten sie bis eben noch gar nicht darauf gesessen. Auch mangelnde Gesprächsbereitschaft sei ein Fehlverhalten. Weil sie mit ihrem Verhör nicht recht weiterkommen, ziehen sie nochmal die Elternnummer ab: Was er denn glaube, ob das alles hier wohl seinem Vater gefalle. Ach, und ob er schon mal an seine Zukunft gedacht habe.

Nach quälenden Minuten verlässt er das Zimmer. Er spürt die Blicke seiner Mitschüler. Seitdem er die Puppen hat tanzen lassen und dafür aus der Regentonne gehoben wurde, seit seinen Monaten im Jugendgefängnis ist der Respekt vor dem Blonden beachtlich, steht in jedes Gesicht geschrieben. Er ist einer, der sich was traut.

Den Druck, den er im Lehrerzimmer empfunden hat, wird Jens Lewin los, indem er sich einen schwerelosen Raum vorstellt, durch den er eben geschwebt ist, in dem er unsinnige Purzelbäume geschlagen hat. Gerade hat er zuhause das Buch von Sigmund Jähn am Wickel, «Erlebnis Weltraum», da gibt es eine tolle Abbildung aus der Simulationszeit, der große Kosmonaut in einer Rettungsweste auf dem Fluss, in der Hand einen Stab, dem oranges Leuchtgas entströmt. Er zeigt an: Hier bin ich, hier sind wir.

Vielleicht haben sie recht, wenn sie behaupten, Jens sei nicht schlau genug für die Erweiterte Oberschule. Zu verträumt. Martha und Ludwig haben ihn gedrängt, bei Jo Nachhilfe in den naturwissenschaftlichen Fächern zu nehmen. Das war letztes Jahr. Geholfen hat es wenig, aber immerhin für die Versetzung in die zehnte und letzte Klasse der Polytechnischen gereicht.

«Lass sie doch labern», sagt der Blonde zum Dunklen, als sie auf der Rückfahrt ins Dorf nebeneinandersitzen. «Die Karten sind alle vorher verteilt, da kann man nix richtig machen.» Der Dunkle sagt: «Du schaffst dir nur neue Probleme», und er hört gar nicht auf mit dem Kopfschütteln, wenn es auch zum Teil bereits den albernen Hühnern gilt, die sich auf der Hinterbank des Busses zusammendrängen.

Der Dunkle hat ein neues Radio in der Tasche, das er

reparieren kann. Es ist vom Physiklehrer höchstpersönlich, Jo Brüggemann darf es mit nach Hause nehmen, aufschrauben, die Röhren ausbauen, sie zwischen den Fingern drehen, betrachten. Er wird auch dieses Radio verstehen, es zur Begeisterung des Lehrers flottmachen.

Der Blonde lehnt den Kopf ans Fenster, und es wird kalt da oben, weil ihm schon mit sechzehn die Haare ausgehen. Klar hat er Hochachtung davor, dass Jo mit den Radios sein erstes Geld macht, aber nervig ist es, wenn der auf dem Weg ins Dorf von Kurzwellen redet, plötzlich auch von Mittelstreckenraketen, dann wieder auf die Radios zurückkommt: Um welchen Faktor man wohl die Empfangsqualität durch Einsatz von Parabolantennen verbessern könnte? Der Blonde nickt nur, er ist einfach kein Zahlenfreund, die Spannungen und Widerstände, die der Dunkle für konkret hält, bleiben ihm völlig abstrakt. Er denkt an die utopischen Bücher, da liest er auch meistens über die Messwerte hinweg.

Noch schlimmer als im Bus ist es, wenn sie in Stolpau aussteigen und zu zweit nebeneinandergehen, wenn der Motor nicht mehr beruhigend brummt. Sie biegen nach links ab auf den Sandweg. Warum nur läuft der Dunkle gerade hier, wo sie unter sich sind, so heiß? Jens fühlt sich angegriffen von den technischen Details, empfindet Jos Reden auch als besserwisserische Angriffe auf seine Welt, auf Jablonski und seine phantasievollen Autoren. Ihn beschäftigt derzeit, was auf den Klappentexten «Utopie» genannt wird. Mit Jablonski ist er der Ansicht, dass es sich bei der Phantastik vor allem um Allegorien handelt. Je besser das Buch, desto mehr Einzelheiten lassen sich daraus in den Dorfalltag übersetzen und hier vor der eigenen Haustür wiederfinden. Was die Eltern für den immergleichen Trott halten, fächert seine jugendliche Seele in *Zustände* auf. Manche Leute werden in Extremsituationen eben immer gereizter, andere gleichgültiger. Sein Nachbar Jo zum Beispiel gehört eindeutig zu den Gereizten. Nicht immer braucht es dafür die Bücher. Mitunter liegt ja alles offen da. Nehmen wir das Gras, denkt er, das im Hochsommer hinter Jablonskis Schuppen jeden Tag brauner wird, es ist doch nur ein Zeichen für die seelische Dürre. Denn die pausenlose Belehrung, was sozialistisches Verhalten sei und was nicht, wird euch alle austrocknen und verderben. Ja, das gefällt ihm, das ausbleibende Gewitter am Abend ein Bild für die Lähmung im Dorf.

So sind sie seit dem Sandkasten, der Dunkle und der Blonde. Einer fummelt an Dingen rum, denen Zahlen entsprechen – der andere macht Worte, manchmal ein paar zu viele. Jens fragt sich, ob daraus je ein Miteinander geworden wäre, wenn man ihn nicht in den Jugendknast gesteckt hätte. Der Dunkle scheint ganz fasziniert davon zu sein, wieder und wieder will er die Geschichte in allen Details erzählt bekommen. Allein die Verwahrung bei den Grenzern! «Zwei öde Monate, was gibt's dazu zu sagen?», sagt Jens. Jo bleibt hartnäckig, fragt andauernd nach. Und den alten Fotografen Jablonski am Ende des Dorfes kennenlernen, das will er jetzt auch.

Jo macht dafür einen besonderen Schritt, er öffnet seine Dachkammer. Hier hat er sonst allein gesessen und an seinen Radios geschraubt. Jetzt hängen sie nachmittags manchmal gemeinsam ab, rauchen. Es sind Jos Sommerferien, danach beginnt für ihn die EOS. Jo sagt, dass er nach der NVA studieren wolle. Computer, Robotron – das wär's. Er fragt Jens nach dessen Plan, der hält sich knapp: «Mal sehn.» Seit der Regentonnengeschichte ist er vorsichtig damit, zu viel von sich preiszugeben. Ein Ratschlag seines Vaters. Sogar Jablonski gegenüber nimmt er sich ein bisschen zurück, obwohl ihm das schwerfällt. Es reicht, sagt Ludwig Lewin, dass er seinen Onkel in Berlin mit reingezogen habe.

An einem der ersten heißen Sommernachmittage schaut Jo Brüggemann aus seinem Dachfenster. Rechts, dreihundert Meter entfernt, die «Gasse». So heißt das Tor im Zaun, durch das frühmorgens die zwei immergleichen Stolpauer Bauern, einer davon Brüggemanns Vater, ein paar Kühe ins Deichvorland treiben, um sie abends ebendort wieder in Empfang zu nehmen. Grasen können die Kühe nur im nordwestlichen Teil des Dorfes, und auch da gibt es nur einen schmalen Streifen Grün vor der Elbe. Viel näher dran an Brüggemanns Haus steht die Sprechsäule. Jo fragt, ob Jens die kenne. Da verlaufe das Grenzmeldenetz, über Kabel, und ob er sie schon mal habe telefonieren sehen, die Grenzer. Als Jens nicht gleich antwortet, kommt ihm Jo zuvor:

«Aber darum geht es gar nicht.»

«Sondern?»

«Sondern um den einmaligen Vorteil … die Nähe zu den Höfen, siehst du das eigentlich? Das sind doch keine fünfzehn Meter bis zu Hinrichs.»

Sehen nicht, weil er flach ausgebreitet auf dem Boden

liegt, aber natürlich weiß Jens Lewin, dass da eine Sprechsäule steht, weiß auch, dass Hans Brüggemann dort an der Gasse jeden Tag mit den Grenzern Klönschnack hält. Ich weiß so einiges, denkt er: In erster Linie mal, dass ich nicht weiß, was ich nach den Sommerferien machen soll. Aber auch, dass Jo den Traum hat, zu funken, zu gerne würde der ein Drahtgeflecht an einer Leiter befestigen und die aus dem Dachfenster strecken. Jens weiß sogar, dass man im Sperrgebiet von Glück reden kann, wenn man einen Besenstiel auftreibt.

«Was soll das mit dem Grenzmeldenetz, Jo, wird das 'ne Fluchtgeschichte?»

Jo erklärt es in Ruhe. Vielleicht sei das ein einmaliger Fall an der Elbe oder sogar an der ganzen Westgrenze: Hier, an dieser Stelle, könnten sie sich nachts im Schutz von Hinrichs' Dach vorpirschen und ran an die Sprechsäule.

«Theoretisch jedenfalls», sagt Jo Brüggemann, «es müsste natürlich schnell gehen, vom Turm kann man uns nicht sehen. Muss man vorbereiten. Buddeln, freilegen, abklemmen, sich ranklemmen.»

«Buddeln? Du Spinner.»

«Dann legen wir eine lange Leitung von der Sprechsäule, an Hinrichs' Haus vorbei, bis ins Kornfeld.»

«Und von da?», fragt Jens müde und gelangweilt.

«Von da wird gesendet!»

Lass ihn, denkt Jens, es ist der Großkotz in Jo, der redet. Es gibt überhaupt nur ein einziges Kornfeld hier in Stolpau, auf dem steht der Weizen schon recht hoch.

«Und wir haben mindestens zwei Minuten Zeit», sagt

Jo, «wenn sie oben in der Kurve sind.» Die Wege der Grenzer brauchen sie wirklich nicht mehr auskundschaften. «Kantenschweine» nennt Jo sie, das hat er irgendwo aufgeschnappt, und jetzt schnappt er nach Atem, schnappt gerade ein bisschen über, denkt Jens. Jo guckt durchs Fernglas seines Vaters und liest vor:

«Achtung, Klappe halten, Anruf abwarten, dann sprechen.»

«Klappe halten?», wundert sich Jens.

«Warte … nee, Klappe heben, pardon. Nu wach mal auf und guck selbst!»

Jens drückt sich hoch und schleicht zum Dachfenster. Jo sagt:

«Oben ist es Sprechsäule, unten sind noch zwei Anschlussbuchsen fürs Telefon.»

«Wieso zwei?»

«Sind doch immer zwei auf Patrouille. Die können dann miteinander, so nebeneinander …»

Jens muss lachen, Jo selbst nicht. Noch immer hält er das Fernglas vor die Augen. «Aber ich seh schon, das Kabel ist zu fett isoliert, da brauchen wir schon 'n Bolzenschneider. Hat dein Vater so was?»

«Vergiss es. Der hat vor allem kein' Bock mehr auf Ärger.»

«Jens, ich hab's! Ich guck mir einfach die Buchse da unten an und besorg so 'n Stecker.»

«Was bist'n plötzlich so scharf auf …?» Ihm fällt kein Wort ein, um den Satz abzuschließen. Jo dreht sich ruckartig vom Fenster weg, streicht sich seine schwarzen Haare in den Seitenscheitel.

Todernst steht er da, das imponiert Jens irgendwie doch.

«Und was willst du machen? Einfach Alarm auslösen, indem du brüllst, dass da einer flüchtet?», fragt Jens.

«Was wir sagen, ist doch völlig nebensächlich.»

Für Jens ist das gar nicht nebensächlich. Das einzig Spannende daran wäre doch, womit man den Schädel eines Grenzpostens durcheinanderbringen kann.

Jo guckt wieder aus dem Fenster, während Jens sich in die Frage vertieft, was man ins Grenznetz einspeisen könnte. Westliche Propaganda? Oder so *Hurra ich bin drüben*-Jubel? Oder Nummerncodes? Er findet die Idee noch immer gewagt, aber nicht mehr so schlecht, weil er für die jungen Grenzsoldaten absolut keine Sympathie hegt. Er muss an die Nächte denken, in denen der Alarm losgeht und sich das Flutlicht am Zaun in die Wohnstuben unterm Deich krallt, diese unfassbar hellen Lichtkegel der Lampen.

«Das ist gar keine Isolierung», flüstert Jo, «das ist ein Rohr, das Kabel liegt im Stahlrohr. Dann müssen wir sowieso über den Stecker gehen.»

Das Dach hat zu viel Hitze abbekommen, die Luft ist stickig trotz des geöffneten Fensters, und Jens Lewin liegt wieder müde auf dem Rücken. Er will wissen, ob er mit Jablonski über die Sache reden dürfe, und Jo hält sich die Hand hinters Ohr, als hätte er nicht richtig gehört, er steht plötzlich über seinem Freund und sagt:

«Du spinnst ja wohl! Totale Diskretion, verstanden!?»

Jens nickt, schon reichlich angefixt. Jedenfalls nimmt er Jo nicht übel, dass der plötzlich so tut, als stecke man schon jahrelang unter einer Decke.

Die Vorbereitungen dauern einen Monat. In diese Zeit fällt auch ein mysteriöser Einbruch in einen Boizenburger RFT-Laden, bei dem viele Meter Kabel verschwinden. Wenn Martha Verdacht schöpft, weiß Jens, dann sofort, dann jetzt, da er ihr sagt, er wolle bei Brüggemanns übernachten. Aber natürlich freut sie sich über die Freundschaft der Jungs, und übernachtet hat Jens ja schon zweimal drüben.

Am frühen Abend schleicht Jens mit Schlafsack, Handtuch, Zahnbürste und einem leeren Rucksack rüber, es ist schwül, der Weizen ist noch immer nicht abgeerntet, Mitte August 1987.

Auf dem Kornfeld, keine dreihundert Meter Luftlinie entfernt, steht der Trafoturm. Vom Dorf aus kann man seinen Eingang, der nach Nordosten zeigt, nicht sehen. Jo hat das Schloss in der vorangegangenen Nacht geknackt, um die Tür danach wieder mit Kaugummi zu verschließen. Der Turm ist das Notversteck, sie müssen natürlich versuchen, nach Hause zu kommen.

Als es endlich dunkel ist, hat Jo Brüggemann einen Stecker in der Hand, dazu wie Jens Lewin eine sauschwere Rolle Kabel auf der linken Schulter und eine unter der rechten Achsel – dünne Lautsprecherkabel, mit Lüsterklemmen zu insgesamt einhundertsiebzig Meter Länge verbunden. Die Kabel sind schwarz, auf der Wiese hinter Hinrichs' Haus kann man sie fast gar nicht sehen.

Der Stecker passt in die Buchse. Jo ballt die Faust. Sofort kommt eine Stimme aus ihrem Telefon, nicht zu verstehen, da sie die Muschel nicht am Ohr haben. Jens sieht Jo schlucken, der zieht panisch den Stecker raus. Sie sehen sich an.

«Nu los», sagt Jens.

Jo ist wieder drin im Grenznetz. Jetzt aber weg vom Zaun, hinter die Häuser, rüber ins Korn. Überall können Gardinen zurückgezogen werden, jeder Nachbar kann sie verraten. Sie sind irrsinnig schnell unterwegs, auch fast lautlos. *Gebückt! Duck dich!* Jos geflüsterte Schreie. Sie machen sehr lange Schritte, ihre Sohlen berühren kaum das Gras, ja, mit der Eleganz von Wildkatzen, und nein, das sind keine Sprungfedern mehr, das sind Antigravitationsstiefel. «Stell dir Windeseile vor», hat Jens vorher zu Jo gesagt. So klopft sein Herz aber sonst nicht. Jetzt bloß keine Lüsterklemme rausreißen. Sie sind schon am Feldrand, als die Hälfte des Kabels, die Jo auf der Schulter hatte, abgewickelt ist. Jetzt krabbelt Jens los. Sie haben die Bewegungen in der Dachkammer geübt. Ein Hund bellt in der Ferne.

Dann ist das Kabel vollständig zu Boden gelassen, und sie sind genau an dem Ort, den Jo berechnet hat, eine kleine Vertiefung im Feld, eine Mulde. Sie schmeißen sich rein, das Korn knackt und britzelt und sticht unter ihren Körpern, sie winden sich und rascheln herum wie hektische Mäuse. Alles muss schnell gehen jetzt. Selbst Jo ist sich nicht sicher, ob die Posten im Turm sie die ganze Zeit hören können.

«Ha, jetzt gibt's was auf die Ohren. Die armen Grenzer», flüstert Jo.

Er späht über die Ähren. Noch kein Licht am Zaun.

Der Telefonhörer liegt vor ihnen. Und Muschel stimmt

schon, denn als Jens sie ans Ohr hält, rauscht es darin tatsächlich wie an der Ostsee. Er überlegt, ob sie nicht auf doof machen sollten, einen Spruch ablassen, so was wie: *Sind wir noch im Netz? Ach so!* Als wäre das alles ein Versehen. Stattdessen holt er den Kassettenrekorder von Arne Hinrichs aus dem Rucksack hervor, Arnes «Babett». Die Jungs nicken sich zu. Jo schlägt eine Mücke erst tot, nachdem sie zugebissen hat.

Dann hört Jens ein Knacken und ist wie vom Donner gerührt. Er hat bereits den Finger auf der Taste des Rekorders, hält kurz inne, sieht Jo an, dann startet er die Kassette, auf der ihre Stimmen gespeichert sind.

«Sex, das macht sie fertig», hat Jens letzte Woche gesagt.

«Aaah, ooooh, mmmmh, ooh», dröhnt es aus dem Rekorder, fließt es in die Sprechmuschel und von da ins Grenzmeldenetz. Jo Brüggemann und Jens Lewin stöhnen auf dem Tonband um die Wette. Dreimal haben sie ihre Orgie überspielt, weil Jens losgeprustet hatte, beim vierten Mal reichte es immerhin für vierzig Sekunden.

«Halten Sie Funkdisziplin!» Einer der Posten oder irgendeine Führungsstelle meldet sich.

«Säule zwo? – Melden! Säule zwo!»

Plötzlich ist irgendein Grenzer in der Leitung, hat wohl das Stöhnen aus seiner Sprechsäule dringen gehört. Vielleicht glaubt er, dass der Vorgesetzte sich eine oder gleich mehrere Damen mit auf den Wachtturm genommen hat. Die Posten im Turm wissen offenbar nicht, wie sie reagieren sollen. Sie müssen doch das Stöhnen hören, das die Jungs bereits zum zweiten Mal vom Band laufen lassen, aber sie geben nicht Alarm, was Jens ermutigt. Er führt im breitesten Sächsisch folgenden Dialog mit dem Postenführer:

«Obschnitt zwei hia. Bin uff Studendin gestößn, im Üntaholz.»

«Braun, sind Sie das??»

«Ja, Broun hia. Plus äne wündaschöne Frau.»

«Was is denn da los? Sofort stehn blaim! Aufhörn!»

Das alte Spiel, denkt Jens, Berlin gegen die Sachsen.

«Dunnawedda, da möscht ma richtsch zm Fluchthelfo wärn. Nee, isch gloob ... gomm, Süße, hia geht's long.»

Er raschelt geistesgegenwärtig im Getreide. Außerdem spult er das Band zurück und startet das Gestöhne von vorn. Jo zeigt ihm den aufrechten Daumen und deutet auf seinen Hosenstall, muss wohl pinkeln. Jens ist für einen Moment abgelenkt, dann spricht er wieder:

«Ich gomm nur mit rüba, wennde, doch, oooh, nur wennde, Süße, spetah, drühm, oooh.»

Irgendein anderer, wahrscheinlich der diensthabende Offizier in der Führungsstelle, brüllt jetzt irgendwas, das Jens nur zum Teil versteht. Grenzer sollen sofort zum gefährdeten Abschnitt rüber. Und jetzt geht auch der Alarm los. Am Zaun ist es auf einen Schlag taghell. Jens hat Gänsehaut. Auf den Armen. Auf den Schenkeln. Er reißt das Kabel aus dem Telefon, steht im Kornfeld, sieht seinen Freund nicht, ruft nach Jo, ziemlich laut sogar. *Jo.* Keine Antwort. *Jo.* Licht jetzt auch in den Häusern, hundert Meter vor ihm, da geht's nicht zurück, er muss runter ins Korn. Und dann krabbelt er schon, Radio und Telefon im Rucksack, schlängelt er sich durch den Weizen. Die Erde unter dem Getreide ist hart und trocken wie am Mittag. Er ist erst mal außer Reichweite, fast an der Straße, der Turm taucht vor ihm auf wie eine Rakete, ein Pfeil, der energisch ins All zeigt.

Jens presst seinen verschwitzten Rücken gegen die Tür. Hier ist er nur zu sehen, falls ein Auto aus dem Binnenland kommt und ihn mit den Scheinwerfern erfasst, während es die Kurve nimmt. Er zieht an der Tür. Wo ist Jo, verdammt nochmal?

Im Turm ist es kühler und dunkel. Jens hofft, dass Jo die Sachen deponiert hat. Er tastet links von der Tür und findet Streichhölzer und eine Kerze. Als er sie anmacht, tauchen von überall her Mücken auf. Aus der Fuge zwischen Boden und Wand wachsen vereinzelt Silberdisteln und Brennnesseln. Jens schnalzt mit der Zunge, um den Hall des Turmes zu testen. Der Kerzenschein erhellt zwei Bierflaschen, daneben liegt eine Packung Zigaretten. Jens horcht an der Tür, öffnet sie sehr langsam, schlüpft noch einmal nach draußen. Aber die ersten Autoscheinwerfer von Neuhaus her drängen ihn sofort in den Turm zurück.

Jens trinkt, raucht, wartet. Dass er die zweite Bierflasche aufknackt, nimmt er als ein Zeichen. Jo Brüggemann ist nicht pissen gegangen, der hat sich verpisst, der kommt nicht mehr. Jens sitzt da, lange sitzt er da, sehr lange, er singt ein leises Lied. Mücken zerstechen ihm die Knöchel. Er schaut hinauf in den Trafoturm. Da oben laufen die vier Dachkanten korrekt in der Mitte zusammen zum Raketenkopf. Wenn wir nicht bald abheben …

Er schaltet noch einmal die Kassette ein.

Oh jaaa, mmmhh, uuh, hallt es durch den Turm.

Er will die Kabel aus dem Stromverteiler reißen, hat aber keine Ahnung, wo hier die Hochspannung sitzt, von der es auf der Tür zum Turm heißt, sie sei lebensgefährlich. Draußen unaufhörlich Lärm, Großalarm. In Gedanken ist er zwanzig Meter vor dem Trafoturm, gebückt wie zum Kosakentanz tritt er mit den Füßen ein großes Loch ins Feld, will Kerze, Telefon, Rekorder, Rucksack und die Bierflaschen verbuddeln. Die Beweisstücke müssen weg.

Hat Jo den Stecker rausgerissen, hat er wenigstens das getan, bevor er sich ins Bett geschlichen hat? Haben sie ihn sich schon gekrallt? Jens hört Hundebellen, das sich dann wieder nach Südosten entfernt. Er muss raus hier, müsste rauf auf den Turm, mit haftenden Sohlen, oben am einzigen Fenster Halt gewinnen, mit dem Bolzenschneider alle vier Starkstromkabel kappen, die den Turm mit dem Land verbinden, sich reinsetzen …

Wie kann man hier bloß fehlen!

Die Eisentür geht zu. Jens holt die Streichhölzer raus und zündet die Rakete. Minuten später finden die Menschen keine Spuren mehr, nur einen schwarzen Fleck, der keinen Flächenbrand hervorgerufen hat. Hier und da noch glühende Halme. Das Hunderudel steht herum, auch ein Drogenhund ist dabei, aber keine seiner Millionen von Riechzellen sendet ein Signal. Da ist nur der Schweif am Himmel, dem die Menschen hinterherstarren.

Commander Lewin ist aufgestiegen. Den sieht die Erde nicht wieder. Er ist jetzt ganz ruhig.

Unterdessen kreist ein Hubschrauber. Weißelt er das

Kornfeld? Setzt er zur Landung an? Im Turm sieht man nur mit den Ohren. Jens drückt den Rücken an die Wand. Ein nahes Sirren ist zu hören, er hat Panik vor den Mücken. Aber er kann nicht mehr hinaus.

Er hätte sich doch vergraben, sich in das Meer aus Weizen stürzen sollen, auf dem Bauch treiben, im rauschenden, wogenden Korn. Nimm es sozialistisch, Jens, der Hubschrauber kommt zu deiner Rettung. Die Hunde können schwimmen. Mit ihrem Gebell beginnt es erst richtig, sein Warten. Es sind die zwei Minuten vor der Grenze, denn es kommt eine Grenze auf ihn zu, die er danach in endlosen Überlegungen nachstellen wird, vor der er sich sein Leben lang verantworten muss. Und da liegt schon das Problem: sein Leben lang. Sind dies nicht die Grenzsekunden vor dem einsetzenden Tod? Herbeigeführt von der ersten Hand, die ihn aus der Rakete ziehen wird, und von vielen anderen Händen, die ihr folgen. Man wird ihn für zu jung befinden, um so plötzlich zu sterben, also wird es ein langsamer, schleichender Tod sein. Oder ist es doch das Leben, das der Kabelspur folgt, ihn geortet hat und auf ihn zukommt, endet also – so hat er es später immer gehalten, um weiterzumachen – mit der auffliegenden Tür nichts als das Abenteuer einer Jugend, ein Puppenspiel in einer Regentonne, veredelt mit einem weiteren Streich eines dummen Jungen?

Egal, welche Grenze es ist, bewahr dir deinen Humor, versprich mir das, Junge. Er verspricht sich das. Denn er ist kein Staatsfeind, das werden sie einsehen, sie werden ihm eine Entwicklung zugestehen müssen, die an dieser Grenze erst beginnt. Von hier an sehend, erwachsen, und er wird etwas finden, das er ihnen entgegenzusetzen hat, er wird sich zu verteidigen wissen.

Das denkt er, und niemals hätte er gedacht, dass Hundebellen so laut ist und dabei immer noch anschwellen kann. Für einen Moment lässt ihn das sich überlagernde Bellen glauben, es kämen doch noch Außerirdische, ihn hier abzuholen. Keine aufgehetzte Meute, sondern ein einzelnes riesiges Monster mit unzähligen Schnauzen schwebt ihm vor, das freudig erregt nach ihm ruft. Und, stellt sich Jens noch einmal die Frage, von der er nicht wissen kann, dass sie im Folgenden und immer und immer existieren wird, ganz egal, ob er die Zeit nun das kommende Leben oder den schleichenden Tod nennt, er fragt sich: Wo zur Hölle ist Jo Brüggemann?

Dann fliegt die Tür auf.

zwölf

Eine einzelne Fliege summte durch die dunkle Gaststube. Sichtbar wurde sie nur, wenn sie vor den Lichtern des Weihnachtsbaums vorbeiflog, der im Garten aufgestellt war. Anne hatte es nicht fertiggebracht, sich zu ihrem Mann zu legen. Auch nicht aufs Sofa im Durchgangszimmer, wo sie sich einen Schlafplatz hergerichtet hatte, als seine Grippe ausgebrochen war. Gern hätte sie was Härteres getrunken, aber schon als sie am Whisky roch, wusste sie, dass sie den nicht hinunterkriegen würde. Ihre Hände lagen auf dem Tisch, ihnen zugeordnet stand links eine Sherryflasche, rechts ein Glas, in das eigentlich Saft gehörte.

Sie hatte sich geöffnet, sich entblößt, und die anderen machten alle dicht, liefen vor ihr weg, übers Feld, mit Schuhen in der Hand, verkrochen sich unter der Bettdecke, Stöpsel in die Ohren, Tür zu. Sogar die Fliege zog sich jetzt zurück, wollte nicht länger stören. Na dann. Stille Nacht.

Anne schlief am Tisch ein, den Kopf auf den Armen, unter dem Tisch wachte sie auf. Etwas weich fühlte sie sich in den Knien, aber nicht so verkatert, wie es ihr die übriggebliebene Pfütze in der Sherryflasche einreden wollte. Sie ging auf die Gästetoilette, hängte sich unter den Wasserhahn, spülte sich die Wimperntusche aus dem Gesicht.

Als Laura um halb zehn zur Schicht erschien, war Annes Verzweiflung genauso groß wie in der Nacht. Sie roch selbst ihre Fahne und war kurz davor, zu erzählen, aber dann wusste sie nicht, wie sie erklären sollte, was passiert war.

Stunden später, als Martha von ihrem Kaffeekränzchen in Neuhaus zurückkam, wurde sie sofort von der Schwiegertochter in Empfang genommen. Martha wollte sich hinlegen, aber Anne half ihr aus dem Mantel und führte sie an einen Tisch. Sie hatte sich viel zu lange zurückgenommen, sie wollte jetzt erfahren, was es mit dem Trafoturm auf sich hatte.

Die alte Dame zog die linke Augenbraue hoch. Sie trug noch Rouge auf den Wangen und eine schräge Skulptur aus Filz auf dem Kopf, dazu wippte sie vor und zurück, wobei ihre Silberkette mit dem großen Anhänger – ein vierblättriges Kleeblatt – gegen die Tischkante baumelte. Martha verschränkte die Hände auf dem Tisch, atmete laut aus. Sie schüttelte den Kopf, und es dauerte einige Zeit, bis Anne verstand, dass es das gewesen war. Dass nichts weiter kommen würde. Ihre Schwiegermutter schwieg, nein, sie sagte beim Aufstehen, sie müsse sich jetzt wirklich hinlegen, und: «Komm du mal in mein Alter.» Auf halbem Weg in ihre Wohnung kehrte sie um, ergriff Annes Hand: «Ich geh mal hoch zu ihm.»

Langsam stieg Martha die Treppe hinauf, Anne starrte ihr hinterher. Eine einzelne Träne lief aus ihrem linken Auge, versickerte in der Wangenhaut. Sie saß da, starrte vor sich hin, nahm einen Bierdeckel nach dem anderen aus dem Halter und knickte sie in der Mitte durch, bis sich plötzlich ihr Unterleib verkrampfte. Da schlich Martha schon wieder die Treppe herunter, leise, die Hand am Geländer, auf ihre Füße achtend.

«Er hat über vierzig Grad, sagt er.»

Anne nickte. Marthas Hand lag kurz auf ihrer Schulter, dann drehte sich die alte Dame um, ging durch den Raum, machte die Tür hinter sich zu.

Anne nahm den Autoschlüssel aus der Schublade hinter dem Tresen. «Ich brauch Zeit», sagte sie zu Laura und fand erst draußen, dass der Satz pathetisch klang und zudem jemand anderem galt.

Sie sollte zu Sandra nach Hamburg fahren, mit ihr reden, oder gleich nach Göttingen. Aber ein Entschluss war das nicht. Über dem Teer der Straße stand ein Himmel aus Beton, ein gleichmäßiges, schweres Grau. Anne heulte. Sie kam nicht bis zur Fähre, bog vorher ins Landesinnere ab, immer länger wurde der Weg, ohne dass sie einen Menschen sah.

In einem Dorf konnte sie sich entschließen anzuhalten. Hier schien es keine Bauern mehr zu geben, kein größeres Hofgelände – noch nicht mal einen der trostlosen LPG-Kuhställe, wie sie sonst überall zu finden waren. Anne ließ das Auto stehen und ging einen ausgewaschenen Sandweg entlang. Bald endeten die Häuser. Rechts von ihr ragte Nadelholz auf. Sie hielt sich nahe am Waldsaum, der leicht erhöht lag. Schritt für Schritt fand sie jenen dumpfen und gleichzeitig hohlen Klang aus ihrer Kindheit wieder. Als ob da ein Hohlraum wäre unter dem Boden, sehr vertraut.

Sie sah es nicht gleich, aber zwischen den vielen Kiefernstämmen verlängerte sich das Wolkengrau in einen See. Langsam, mit geschlossenen Augen, die Arme ausgestreckt, ging sie darauf zu. Dann presste sie die Hände an die Hüften, zum Ufer hin wurden die Kiefern mehr und mehr verdrängt von Fichten. Warum hatte Jens Angst vor ihr? Die Äste streiften und kratzten ihr über das Gesicht.

Zweimal, dachte Jens, hatte der Westwind ein ausgebrochenes Feuer auf alle Dächer verteilt, und das ganze Dorf war abgebrannt. Zweimal schon, so hieß es in der Chronik, hatte es Stolpau gar nicht mehr gegeben. Er hielt ein heißes Stück Holz in der Hand, unter der Bettdecke das Kasperle. Man müsste sie alle dort unten zusammenbringen. Nicht wie bei der Eröffnung, sondern alle, ausnahmslos. Und dann eine Band spielen lassen, eine Polkaband. Die Türen aufreißen für ihre Bläsersätze, auf dass sie im ganzen Dorf zu hören wären. Tuba und Bandoneon. Anne in ihrem roten Kleid mit den weißen Punkten. Anne und er tanzend auf dem Deich. Natürlich wäre Sommer. Besoffene junge Pärchen schlichen an ihnen vorbei, runter an die Elbe. Die Alten hätten Hüte auf. Laura reichte Prosecco. Die Gaffer gafften, weil er Anne küsste, irgendjemand klatschte sogar dämlich.

Und dann spielte die Band, schon als Zugabe, «Before you accuse me», eine sehr getragene Version, mit Klarinette im Vordergrund. Die Leute alle im Deichkrug, ausgelassen und schwitzend. Im zweiten Refrain ein Geräusch, ein irrsinniger Knall, als wäre da nach all den Jahren noch einmal eine Mine hochgegangen.

Aber es war der Bauwagen.

Jens sah, wie der Bauwagen in hellen Flammen stand. Wind fing an, den Rauch in die Gaststube zu tragen. Fetzen verbrannten Papiers wehten umher, dann auch ganze Bogen Aktenpapier, die brannten, aber nicht *ver*brannten. Sektgläser fielen zu Boden.

Anne suchte Schutz an seiner Brust, er legte den Arm um sie. Das Löschfahrzeug hielt, neben ihnen beteten zwei alte Damen. Die Feuerwehrmänner trugen schon beim Aussteigen Rauchschutzmasken.

Jens sah, wie der Bauwagen zerbarst, mindestens die Hälfte seines Gehäuses lag in Trümmern über den Garten verteilt. So gewaltig war die Explosion, dass Laura auch weit abseits auf Fundstücke stieß. Mit einem Handtuch griff sie einen heißen, blechernen Brummkreisel, der eine große Delle hatte. Sie türmte ihr Fundzeug am Rande der Wiese auf einen Haufen, und Anne wollte hinunterlaufen, um ihr zu helfen, aber Jens ließ sie nicht.

Es war zum Lachen, wie Jo Brüggemann mit Eimern zwischen Garten und Gästeklo der Kneipe hin- und herrannte. Mit dem Spaten isolierte er kleine Feuer. Währenddessen zog Laura ein Porträt aus einem gesplitterten Glasrahmen. Frau Wulf. Ein Bild von Anfang der sechziger Jahre, es zeigte die Frau vor ihrem Haus, das genau an dieser Stelle gestanden hatte. Laura sah ihn an, und Jens sah, wie der Bauwagen von einem ungeheuren Druck in die Luft gehoben wurde, gelbe Bretter flogen in den Himmel, aber nicht senkrecht, sondern Jens entgegen.

Der große Schlauch wurde von der Rolle gewickelt, drüben am Sandweg die Saugleitung in einen Gully hinuntergelassen. Das Papier brannte immer weiter, aber nie da, wo man es anfasste. Man reichte es herum. Die Pumpe lief an, und man las. Jens sah im Feuerschein die schwarzen Balken, die sich über die Blätter zogen.

Der Verteilerstutzen wurde auf den Schlauch geschraubt, drei dünnere Löschschläuche führten vorne ab. Hans Brüggemann hatte das Kommando, einen Schlauch übernahm er selbst.

An vielen Stellen war das Gras nicht mehr zu retten, hatte braune Flecken. Jo Brüggemann suchte die Wiese weiter nach Brandherden ab. Stieß er auf ein kleines Stück Holz, drehte er es mit dem Fuß. Wie ein Kind, das für sich allein sein wollte. Dann wehte auch ihm Papier in die Hand. Er behinderte die Löscharbeiten, kreuzte sogar die Wasserbahnen, um zu seinem Vater zu gelangen. Hans Brüggemann las und ließ den Schlauch sinken.

Wie aus dem Nichts begann Laura zu schreien. «Wer war das?», rief sie schon, während sie zu Einsatzleiter Hans Brüggemann hinüberlief, um es lauthals vor ihm zu wiederholen, als Frage.

Niemand sagte etwas. Im Schein des Feuers wirkten die Zuschauer wie modelliert. Gelbe Wachsgesichter, tot.

«Herr Brüggemann», schrie Laura, «wer das war, hab ich Sie gefragt!»

«Irgendwelche dummen Jungs», antwortete der Einsatzleiter.

«Was für dumme Jungs denn??»

Das Feuer knackte, knallte, spuckte Funken, ansonsten war nur der Wasserstrahl zu hören. Jo Brüggemann lief den Zetteln hinterher, versuchte sie einzufangen. Zettel um Zettel drückte er sich an die Brust. Alles hatte sich gelohnt. NEVERMIND, Herr Brüggemann.

Ein weißer Kleinbus rollte vom Hof, als säßen darin nicht die Bandmitglieder, sondern die dummen Jungs, die sich wegstahlen. Jens sah, wie am Ende der Wiese etwas unter dem Gras glühte. Ein einzelner, roter Lichtpunkt. Da lebte was, und es vibrierte, und es kam auf ihn zu.

Ihre Knie schmerzten vom Sitzen in der Hocke. Anne warf einen beiläufigen Blick auf ihr Handy und stellte fest, dass sie hier, an diesem hinterletzten Ort, an diesem dunklen, vogellosen See, Netzempfang hatte. Sie konnte immer noch Entscheidungen treffen.

Anne rief ihren Cousin auf Gotland an, erreichte ihn nach dem zweiten Klingeln, fragte, ob seine Einladung noch gelte. Er lachte, bejahte, alles an ihm klang befreiend normal. Vor zehn Jahren hatte er der Familie zuletzt angeboten, Weihnachten bei ihm zu feiern. Er hatte eine Frau und drei Kinder. Sie komme allein, sagte sie, bringe höchstens noch eine Freundin mit.

So dunkel war es, so lange hatte sie zuvor am See gehockt oder war daran entlanggegangen, dass sie eine Zeit lang dachte, sie habe das kurze und unkomplizierte Telefonat nur geträumt. Sie überprüfte die gewählten Rufnummern. Ein Kind, fiel ihr ein, als die Nummer vor ihr aufleuchtete, hatte im Hintergrund geschrien.

Alles war gesagt, alles abgemacht. Sie trat mit der vollen Sohle nach hinten gegen einen Kiefernstamm. «Vierzig Fieber» ist auch eine Antwort, Martha. Vielleicht ging ihr Mann ja gerade drauf.

Gegen neun Uhr war Anne zurück und ging sofort zum Bauwagen, klopfte an, stieg ein. Laura lag auf dem erhöhten Bett. Sie hatte Tee auf dem Stövchen und las in einer Modezeitschrift. Die Harmlosigkeit des Bildes nahm Anne das Gleichgewicht, sie musste sich setzen. Sie sagte, dass sie fahren würde. Mindestens über Neujahr. Heute Nacht noch. Ob Laura mitwolle.

«Warum *das* denn?»

«Weil ich nicht mehr kann.»

«Nee, warum *ich* mitsoll.»

«Weil du auch wegmusst von hier?»

«Anne», Laura setzte sich auf, «krieg dich mal ein.»

«Was soll ich?»

«Lass mich da raus, mein ich.»

«Willst du etwa hierbleiben?»

«Dem alten Mann geht's gerade ziemlich schlecht.»

Anne ging durch den Garten, in die dunkle, leere Gaststube. «Wegen Krankheit geschlossen», hatte jemand ins Fenster gehängt. Weder Laura noch die Alten hatten ihre Spätschicht übernommen.

Sie hatte Mühe, sich leise zu verhalten, musste erst mal tief ein- und ausatmen, bevor sie das Schlafzimmer betrat. Ihre große Reisetasche war im Bettkasten verstaut, da konnte sie nicht ran, ohne ihn zu wecken. Obwohl er schon wieder schnarchte. So krank konnte er nicht sein, es roch, als hätte er wieder was geraucht.

Sie öffnete den Kleiderschrank, nahm vier Stapel zusammengelegter Klamotten, schmiss sie rüber ins Arbeitszimmer, schloss hinter sich die Tür.

Mitten im Raum stand ein Koffer, den sie beim Hereinkommen übersehen hatte. Wie für sie bereitgestellt. Sie nahm die Bücher heraus, stapelte sie auf Jens' Schreibtisch. Sie verstaute ihre Unterwäsche, Hosen und Pullover.

Anne Lewin legte den Brief, den sie am See geschrieben hatte, auf den Bücherstapel. Wenige Zeilen nur, im Grunde nichts als ihre Adresse auf Gotland und die Bitte, sie nicht anzurufen, sondern ihr zu schreiben, falls er ihr etwas zu sagen habe. Dann zog sie die Bettdecke vom Sofa, stopfte sie sich unter den Arm, der auch den Koffer trug, nahm das Kissen in die andere Hand.

Sie machte kein Licht mehr im Gasthof, die Scheinwerfer des Autos schaltete sie erst ein, als sie das Ortsschild hinter sich gelassen hatte.

danksagung

Die Arbeit am vorliegenden Buch wurde durch den Deutschen Literaturfonds e. V. gefördert.

Ich danke zudem jenen Menschen, die mir durch Gesprächsbereitschaft und Materialien den Alltag in der DDR näherbrachten, die mir Einblicke in das Leben im Amt Neuhaus vor und nach der Wende gewährten, insbesondere aber: Heidemarie Gaede, Jürgen Kähler, Wolf Miehle, Franz-Gerno Panz, Ingo und Ingrid Rosenberg, Gerd und Marion Schulz, Wilhelm Siefert, Matthias Struch, Petra Sühr.